L'APOSTA

David Nel·lo

L'aposta

Premi Columna Jove 2002

Primera edició: març del 2002
Projecte gràfic: Columna Comunicació, SA

Carrer Provença, 260 - 08008 Barcelona
ISBN: 84-664-0221-7
Dipòsit legal: B. 14.826-2002
Imprès a Hurope, SL
Carrer Lima, 3 bis - 08030 Barcelona

El jurat del IXè Premi Columna Jove
estava format per: Fina Anglès, Xavier Hernàndez,
Manuel Valls i Oblit Baseiria.

1

Hi ha coses que et marquen per tota la vida; una d'elles és dir-se Sègol, l'altra és que la teva mare es morí de sobredosi d'heroïna.

Normalment, el Sègol no hi pensava gaire, en aquestes coses. Eren els fets objectius: ell es deia Sègol de la mateixa manera que el seu millor amic es deia Pep. Però sempre hi havia moments, situacions, en què s'havia d'encarar amb aquests fets. Com per exemple quan li presentaven algú per primer cop.

—I tu com et dius? —li preguntava la nova coneixença.

Aleshores el Sègol contestava pronunciant el seu nom tan de pressa com podia i en veu baixa. «Ara et fotràs!», pensava. I l'altra persona s'ho feia repetir perquè no ho havia entès. El segon cop, el Sègol deia el seu nom ben a poc a poc: Sè-gol. I després, davant la cara d'estranyesa de l'altre, afegia:

—Sègol no és cap sant, és un cereal. En castellà es diu *centeno*, per si et pot ajudar, cosa que dubto.

Això convertia les presentacions en moments una mica peculiars o fins i tot en escenes incòmodes. Hi havia dies en què el Sègol no estava d'humor i si algú li preguntava pel seu nom ell es limitava a contestar:

—Sègol, què passa?

I l'altre, acollonit, no s'atrevia a dir res més.

Però el que és cert és que ell gairebé mai no explicava la raó ni l'origen del seu nom. Quan ell va néixer els seus pares eren molt joves, encara uns nens, com qui diu. A la seva edat i amb la novetat que suposava per a ells tenir un fill, no volien que el seu nen es digués Jordi o Ramon, com els altres. Massa vulgar. Havia de ser un nom molt orginal. Tot això, el Sègol ho sabia per mitjà de la llegenda familiar.

«Vaig tenir una mena de premonició... o un somni, no ho sé», li havia explicat un dia el seu pare. «I vaig saber que si eres un nen t'havies de dir Sègol.» Sembla que la seva mare no ho veia tan clar, però a l'últim es va deixar convèncer. Anys enrere, tots dos havien llegit la novel·la de J. D. Salinger, *El vigilant en el camp de sègol*, i els havia entusiasmat. Més tard, davant del prodigi del seu naixement, el d'un ésser que havien creat ells, la temptació de voler-lo convertir en una mena de Holden Caulfield —l'heroi de la novel·la— va ser irresistible.

El Sègol no ho havia confessat mai a ningú, i encara menys al seu pare, però quan tenia tretze o catorze anys va agafar la novel·la de Salinger de la biblioteca. Li va agradar tant que se la va llegir dos cops. Després d'allò va sentir un cert orgull de portar aquell nom. I si hagués pogut, probablement li hauria agradat parlar-ne amb la seva mare. Però ella ja feia anys que era morta.

Pel que fa a l'altra qüestió, la de les drogues, el Sègol també havia quedat marcat amb foc. No havia anat mai més enllà del porro, ni pensava anar-hi. Perquè per a ell tot allò formava part del forat negre que es va endur la seva mare. I no tan sols això. També tenia memòries borroses d'aquells anys, quan ell encara era molt petit, en què la seva vida transcorria en un constant canvi de cases, en un anar i venir ple de crits i baralles. El record era com un malson poblat per individus estranys que es quedaven a dormir a casa de la seva mare. Hi havia molts matins en què el Sègol es despertava i contemplava la seva mare que dormia allí, al seu costat. Ell li tocava el braç o li feia un petó a la galta. Però ella no es movia. Més d'un cop ell es va pensar que ella havia mort. Eren aquells temps en què es despertava amb gana i ningú no li donava esmorzar. Després, quan arribava a l'escola, la mestra li preguntava: «Com és que véns tan tard?» o «Per què no vas venir ahir?» I el Sègol contestava: «La mare estava malalta.»

Tots aquest records, el Sègol els havia llençat en un sac que duia unes lletres grosses que deien «DROGA».

Tampoc és que li agradés gaire beure alcohol. Alguna vegada agafava un pet amb els amics. Birra, sobretot. Però la imatge del seu pare amb el Ducados i la cervesa a totes hores el refredava bastant.

—Passo, tio —deia sovint.

—Ui, el Sègol és un pureta! —el burxaven alguns de l'institut.

I ell es limitava a arronsar les espatlles, i si aleshores encara no el deixaven en pau sortia amb un contundent «que et donin pel sac!».

Per tot això i per altres coses hi havia gent a l'institut que pensava que el Sègol era arrogant o que es creia millor que els altres. Però aquest no era exactament el cas. Probablement ell sentia que el seu destí havia de ser un altre; quin, encara no n'estava segur. És cert, però, que des de ben petit el Sègol assajava de ser més d'una persona al mateix temps. De vegades, quan li preguntaven a què es dedicava el seu pare, ell contestava amb cara molt seriosa: «És enterramorts» o «Treballa al zoològic». En aquells anys es passava llargues estones davant del mirall; feia ganyotes o canviava l'expressió del rostre, provava veus diferents i somreia ensenyant les dents o amb els llavis lleugerament comprimits. I si algú l'hagués enxampat en una d'aquelles sessions, ell s'hauria tombat amb el seu somriure càndid i una figura que encara era ben tendra, i hauria explicat: «Estava buscant la meva cara perquè no sé quina és la de debò.»

2

No es mentien mai; aquesta era una de les regles. Si guanyaven, bé; si perdien, no s'ho amagaven. Havien començat cinc o sis, un grupet, quan van iniciar la secundària. Aleshores encara eren gairebé nens petits, però les seves regles ja eren estrictes en aquella època. Ells en deien apostes, però en realitat el que feien eren més aviat reptes, juguesques. Així, doncs, no s'hi apostaven diners ni béns materials, ni tampoc no hi havia penyores en cas que perdessin. L'únic que estava en joc era el seu honor; un honor novell i viu alhora. Era l'honor encès de l'adolescència. Acabat d'estrenar, com qui diu.

Tot començava amb frases com aquestes: «Què hi va que no ets capaç de...», «A veure si t'atreveixes a...», «M'hi jugo el que vulguis que no faràs...». I a partir d'aquí era com si hagués sonat el tret de sortida o com si la bola ja rodolés pendent avall. Cadascun d'ells tenia estratègies diverses, estils diferents, per dur a terme el repte que li havia imposat l'altre.

En aquells primers anys d'institut s'havien limitat a cosetes força puerils. De vegades tota la gràcia consistia a tirar-se un bon pet o fer un rot sonor enmig de la classe de mates o de ciències naturals (aquestes eren especialitats de l'Àlex, per exemple). Però amb els anys les apostes es van anar complicant més i més.

D'aquella segona etapa, el Sègol recordava un gran triomf personal. Un dia, a la sortida de l'institut van veure com un home cec estava a punt d'ensopegar amb un alumne que anava dalt d'un skateboard. El nano de l'skate es va disculpar com va poder i el cec va continuar el seu camí maleint-lo en cos i ànima. Els del grup del Sègol van somriure sense dir res. I al cap d'una mica l'Òscar va saltar:

—Sègol, què t'hi jugues que no tens collons d'anar de casa teva fins a El Corte Inglés de la plaça Catalunya fent veure que ets cec?

—Passo.

—Eeeeh, cagueta!

El Sègol va escopir a terra (en aquella època encara els semblava que llençar escopinades era una cosa que donava un cert prestigi) i va dir:

—De caguetes res, tio. Demà a les set de la tarda davant de casa meva. Em podeu seguir, però sense que es noti. El primer que faci el subnormal se'n va a la merda. Queda clar?

Els preparatius van ser simples. Va agafar un bastó que el seu pare havia comprat al Marroc i el va embolicar bé amb cinta adhesiva blanca. A la punta hi va clavar un una moneda foradada; així podia aconseguir el sorollet característic de bastó de cec. Es va armar amb unes ulleres de sol que li van costar vint duros en una botigueta de la ronda de Sant Pau. Eren una caca, però l'únic que li importava era que fossin ben fosques, per allò de la ceguesa. Després es va passar una bona estona entrenant-se per casa; anava pel pis fent el cec i, de tant en tant, xocava contra un moble i demanava perdó en veu alta.

L'endemà, quan va sortir de casa seva donant copets a terra amb el seu bastó marroquí, els altres ja l'estaven esperant a la porta del bar La Pubilla, a l'altre costat del carrer. En veure'l, a l'Òscar se li va escapar el riure, però els altres el van fer callar immediatament. Mentrestant, el Sègol avançava amb compte i al semàfor es va deixar ajudar per travessar el carrer.

Quan era a la Ronda va començar a jugar; de vegades es tirava contra la gent que li venia de cara i de seguida s'afanyava a disculpar-se. La resposta de tothom sempre era d'allò més comprensiva i de vegades fins i tot compassiva. A l'altura del mercat de Sant Antoni va tenir un moment de pànic. De sobte va adonar-se que estava a punt de xocar amb un cec de debò; un home gran que venia de les oficines de l'ONCE. Momentàniament va oblidar el seu paper i va esquivar l'altre cec i un grupet de tres nenes que li barrava el pas. Qualsevol que s'hi hagués fixat hauria tret la conclusió que aquell noi cec es movia gràcies a un radar fabulós. Però els únics que estaven pel que feia el Sègol eren els seus amics.

A la plaça Universitat va veure una cosa que el va indignar. Algun imbècil havia apartat un contenidor d'escombraries per fer lloc i aparcar el seu cotxe. El contenidor havia quedat enmig d'un pas zebra. «Ara veureu», es va dir el Sègol. Va travessar i va enfilar cap al contenidor per estavellar-s'hi directament. Ho va fer amb tanta gràcia que va aconseguir caure per terra i perdre el bastó. De seguida es va formar un rotllana de gent ben intencionada que s'interessava per si s'havia fet mal.

—Aparquen on els rota!

—Quina vergonya!

—Aquest noi s'hauria pogut matar.

—Segur que no t'has fet res?

—Tingui, jove, el seu bastó.

I el Sègol es va aixecar, molt digne, i els va agrair totes aquelles atencions. Al carrer Pelai semblava que fos un auto de xoc; es llançava especialment contra els turistes que badoquejaven a esquerra i a dreta. Va rematar la feina quan ja era dins d'El Corte Inglés. A la planta d'homes va fer caure un maniquí i després es va passar una bona estona intentant-lo tornar a col·locar a lloc; evidentment, sense cap èxit. Un empleat va dir-li que no es preocupés, que ja ho arreglaria ell. I després es va quedar contemplant aquell cec jove i pèl-roig, i probablement va pensar que devia ser una bona desgràcia que a més a més de cec et toqués ser tan maldestre.

La cita amb els altres l'havien convinguda als lavabos dels magatzems. Quan el Sègol hi va entrar els altres ja l'esperaven.

—T'ho has fet, Ray Charles!

—És com si fossis l'Stevie Wonder local.

—Però si aquell és negre, idiota!

—I l'altre també, negre i cec, cretí!

Aleshores, el Sègol es va guardar les ulleres a la butxaca i va abandonar el bastó marroquí del seu pare dins d'un vàter.

—Molt bé, xaval —va dir el Pep—. Anem a fotre'ns alguna cosa en honor teu?

I tots van celebrar-ho, embogits. Així era com sovint s'acabaven les apostes.

3

Però ja havien passat uns quants anys des d'aquella segona època, encara ingènua. Més tard, el Jaume i l'Àlex van deixar els estudis abans que els altres. Durant una temporada l'Òscar, el Sègol i el Pep formaven una espècie de trio d'apostes, però després l'Òscar va conèixer una noia i es van fer noviets.

—Véns amb nosaltres, Òscar?

—No, no puc, de debò.

—Està enconyat, que no ho veus?

Així, el Sègol i el Pep es van quedar sols en aquell joc. També és veritat que ells dos sempre havien estat els més amics. I és curiós perquè eren ben diferents, l'un de l'altre. Aquesta diferència venia marcada sobretot per les famílies respectives.

—La meva família és un pal de collons —deia el Pep per definir-la.

Potser no eren tan horrorosos com deia ell, però sí que és veritat que no tenien cap característica que els fes particularment atractius o divertits. Vivien a l'avinguda Mistral i el pare del Pep tenia un negoci de portes blindades, panys de seguretat i persianes metàl·liques.

—El *business* del meu pare és «l'alegria de la huerta» —deia el Pep amb mala llet.

La seva mare treballava en una gestoria al carrer Rocafort.

—És d'aquelles que ajuden a fer les declaracions de renda i a gestionar els papers per als ciclomotors. Superapassionant, tu! —explicava el Pep.

A més a més, a casa també hi vivia el seu avi, el pare del seu pare. Era un home molt gran, estava ben atrotinat i caminar li costava déu i ajut.

Al Pep li hauria sabut greu que algú digués això, però la seva pinta tenia força a veure amb aquella família. Ell era guapo, alt, moreno i amb uns llavis molsuts que li dibuixaven una boca petonera. La qüestió no era tant el seu físic, sinó més aviat la manera que tenia d'arreglar-se. Qualsevol extravagància li feia por; era un nano de pantalons novets, samarretes i camises que sovint li comprava la mare, i els cabells els duia tallats de barber. L'única transgressió que s'havia permès va ser la de posar-se una arracada a l'orella esquerra (un penjoll discret d'or); i a més, quan ho va fer, allò de les arracades ja s'havia convertit en la cosa més vulgar del món.

—Nen, on vas amb això? Però que no veus que sembles un maricón? —li va dir el seu avi, quan el va veure amb l'arracada.

I el Pep es va apropar a la butaca que el seu avi ocupava de manera permanent i li va aclarir:

—Avi, els maricons ja no porten arracades, ara van amb bigoti.

Però, és clar, el vell no el va entendre i va clavar de nou els ulls a la tele.

La família del Sègol era una història completament diferent. Per començar, l'hàbitat ja era un altre. Així com el pis de la família del Pep era d'aquells que el veus i al cap de cinc minuts ja no recordes res (o potser com a molt recordes les portes horribles de vidre verd botella) el del Sègol tenia molt més misteri. Era un quart pis, vell i enorme, al carrer Marquès del Campo Sagrado, una travessia de la ronda de Sant Pau. En aquella casa hi regnava el desordre i era plena de mil objectes que semblaven no tenir cap relació els uns amb els altres. El pare del Sègol era tècnic de so i això volia dir que en qualsevol punt del pis podies trobar micròfons, cables, taules de so, equips de gravació...

A més a més d'ells dos, la tribu es completava amb l'Anne-Marie i el Jonàs, el fill d'ella i germanastre del Sègol. L'Anne-Marie era holandesa, però feia mil anys que vivia a Barcelona. Ella i l'Adrià, el pare del Sègol, s'havien conegut quan la Berta encara era viva. Però en aquell temps els pares del Sègol ja no estaven junts. Era l'època de màxim descontrol, de mals rotllos i droga. I és veritat que si en aquell moment l'Adrià no hagués trobat l'Anne-Marie, ell també hauria pogut caure a l'abisme, de la mateixa manera que li va passar a la Berta.

L'aparença del Sègol tampoc tenia res a veure amb aquell aire arregladet del Pep. Ell era de pantalons gastats i apedaçats, de samarretes de ratlles vermelles i negres, de botes semiokupa o d'espardenyes a l'estiu. Duia dues arracades a l'orella dreta i dos anells a cada mà. Però el tret més característic del Sègol era la seva cabellera pèl-roja. Tenia els cabells arrissats i sovint se'ls recollia en una cua. El seu pare era moreno i la Berta tenia els cabells castanys. Per tant, a ell allò li venia d'algun avantpassat més llunyà. Perquè una cosa semblava clara: ell era el fill biològic de l'Adrià i de la Berta; no hi va haver cap martingala amb el lampista ni amb el col·lega de la discoteca o el veí del costat.

I després, per una d'aquelles sorpreses que ens reserva la vida, es va donar la coincidència que l'Anne-Marie també era pèl-roja. Una mica més clara que el Sègol, però ben pèl-roja, carapigada de pell clara i delicada. Així, molta gent quan els veia junts donava per descomptat que eren mare i fill, i a ells ja els estava bé i gairebé mai no desfeien el malentès.

El Pep, a més a més de ser molt amic del Sègol, sentia com una fascinació per aquella casa tan poc domesticada i tan diferent de la seva. Quan ell era al pis de Marquès del Campo Sagrado li semblava que podia oblidar l'ordre meticulós de la seva mare i els comentaris sempre previsibles del seu pare.

—Véns a casa? —li deia molts cops el Sègol quan sortien de l'institut.

I el Pep gairebé mai no refusava la invitació. Quan arribaven a la cantonada de la Ronda, la pregunta típica del Pep era:

—Que saps si hi serà l'Anne-Marie?

—Sí, suposo que sí. Però dissimula una mica, tio, que se't nota que és una passada.

—De què vas? Jo només t'he preguntat si hi seria, i punt.

—Punt i ratlla.

Més d'una vegada el Pep s'havia defensat.

—És que em cau de puta mare, la teva mare.

—Ja ho sé. I et recordo que no és la meva mare. La meva mare és morta.

—Val. Perdona, tio.

Al Pep li agradava escoltar com l'Anne-Marie llegia contes al Jonàs. Li semblava que aquells contes devien ser més bons perquè ell no entenia res: ella sempre li llegia llibres en neerlandès.

—Però què escoltes, nen? Si no saps de què va —li va dir un dia el Sègol.

I el Pep va arronsar les espatlles i es va posar un mica vermell.

—M'és igual. M'agrada com sona.

—Doncs a mi no. L'holandès és lleig amb ganes.

L'Anne-Marie se'ls va quedar mirant i després va intervenir:

—Au, guapos, per què no aneu a un altre racó i ens deixeu al Jonàs i a mi en pau.

També hi havia altres estones en què el Pep se sentia privilegiat, com per exemple quan l'Anne-Marie li deixava presenciar com ella assajava els espectacles de pallassa que preparava per a les festes infantils. Allò ho feia principalment perquè s'ho passava bé, però també perquè treia una mica més de diners; el pes dels seus ingressos es basava en les traduccions, i no sempre hi havia feina.

—Jo trobo que no té gaire gràcia —deia el Sègol—. No entenc què li veuen totes aquestes mares que li truquen per a les festetes dels seus fills.

—A mi m'encanta. És superdiver, la tia.

Fos com fos, el cert és que el Pep estava una mica enamorat de tot aquell món que representava la casa del seu amic, i lògicament, tenia una flaca especial per l'Anne-Marie. Perquè ella era una dona bonica, adulta i un pèl exòtica pel fet de ser d'un altre país. A més a més, era de les poques dones que quan parlava amb ell no ho feia amb un aire condescendent o amb una total indiferència.

I sense que ell ho sabés, aquest atractiu va jugar un paper indiscutible en l'elecció de l'aposta que més tard proposaria al Sègol. És clar que ell no n'era conscient, però tot hi va influir. I fins i tot és possible que en llançar aquella aposta al seu amic, el Pep estigués donant veu a uns desitjos propis que ell hauria estat incapaç de confessar-se a si mateix.

4

Eren verges el Sègol i el Pep? Quines havien estat les seves experiències sexuals fins aquell moment? Eren enamoradissos? Havien tingut o tenien novietes?

Algú pot pensar que aquestes qüestions es plantegen només per ganes de parlar-ne, per fer safareig o pel pur plaer d'abordar aquest tema. Però no és així, de debò. És clar que ens agrada parlar d'aquests temes, com tothom. Ara bé, en aquest cas, i en vista del que va passar més tard, és important tenir tota la informació que permeti entendre millor com van anar les coses i per què van actuar de la manera que ho van fer. Especialment el Sègol.

A veure, ells no eren verges. Però tampoc es pot dir que tinguessin una llarga experiència en aquest camp, i és que no la podien tenir perquè encara eren molt joves. De tots dos, el Pep era el que s'enamorava més fàcilment. Els seus enamoraments es multiplicaven als estius, quan era a Banyoles. En particular recordava un episodi gloriós de l'estiu anterior. Havia estat una escena romàntica al màxim, tan romàntica que a ell mateix li feia quasi vergonya quan hi pensava. Ella es deia Marta i era una noia gironina que, com ell, també estiuejava a Banyoles.

Allò va passar quan ja feia setmanes que estaven pendents l'un de l'altre. Ja hi havia hagut manetes; ara ens fem un petó; ara ens abracem (millor si estem sols); ara ens fem un petó dels altres, dels llargs amb molts extres... I una tarda, cap al tard, en què tots dos eren al Club Nàutic van decidir anar a fer un passeig amb barca per l'estany. D'entrada va remar el Pep i després ho va fer la Marta. A estones no se'n sortien gaire bé i això els permetia una sèrie de brometes i rialles que feien més fàcil i més còmoda aquella intimitat que els venia una mica de nou. Al cap d'una bona estona, com si els hagués guiat una brúixola molt especial, es van trobar en un punt de l'estany que quedava lluny de tot i resguardat de qualsevol possible mirada indiscreta.

—Que bé que s'hi està, aquí! —va dir la Marta mentre enfonsava un braç a l'aigua de l'estany i després es mullava la cara i el clatell.

El Pep se la va mirar sense dir res. Encara que el sol ja estigués molt baix, ell també se sentia acalorat per l'esforç de la remada. Les muntanyes que envoltaven l'estany s'anaven enfosquint més i més i en alguns punts l'aigua brillava, plena de daurats del capvespre. Aleshores, com si fos la cosa més natural del món, la Marta es va treure la samarreta; s'havia quedat tan sols amb la part de baix del biquini. En veure-la nua, el Pep va restar immòbil, com paralitzat. I al mateix temps per dintre sentia com una sotragada i a la gorja se li va instal·lar un ennuec de desig que no el deixava ni parlar. La Marta va emetre una petita exclamació i es va tapar els pits. Era un gest de fredolica, però malgrat això no es va posar la samarreta.

—Que tens fred? —va preguntar el Pep, sentint-se imbècil de cap a peus.

I la Marta va somriure i va dir que no era ben bé això. Llavors ell, tot i l'atabalament que el tenia mig idiotitzat, va ser capaç d'atansar-se a ella per abraçar-la. El Pep encara recorda aquell contacte amb el cos de la Marta; recorda que ella tenia els braços amb la pell de gallina; recorda l'estranya olor que es respirava dins de la barca i que era un barreja de la colònia d'ella i una altra olor que desprenia la barca, meitat pintura, meitat desinfectant; recorda que una de les seves màximes preocupacions en aquell moment (ell també s'havia tret la samarreta) era que no se li notés massa el bony creixent a la part del davant del banyador. Es van besar llargament i es van acariciar mentre la barca es balancejava amb suavitat a la superfície de l'aigua. Realment, tot era molt romàntic.

I en sec, arribem a un punt de l'episodi que el Pep no li agradava recordar.

—Però què fas? —li va preguntar la Marta perquè no entenia el moviment sobtat d'ell i aquella ganyota.

—M'he de banyar, em tiro a l'estany —va ser la resposta incoherent del Pep.

I així ho va fer. Va nedar durant uns quants minuts al voltant de la barca, sota la mirada desconcertada de la Marta. Quan ell va haver considerat que tota l'evidència comprometedora ja s'hauria esbandit amb l'aigua de l'estany, va tornar a enfilar-se a la barca.

—Té, eixuga't, que deus tenir fred —li va dir ella i el va embolicar amb la tovallola.

Després d'això encara hi va haver alguns petons i carícies, però la Marta no va insistir gaire: pel que fos, el Pep havia perdut empenta.

Però mesos més tard, el Pep aconseguia tenir un record meravellós d'aquell estiu i ho feia de la següent manera: agafava el primer tros de l'aventura de la barca a l'estany, tallava el bocinet del final (el del bany precipitat) i més enllà hi enganxava altres estones que va passar amb la Marta en la intimitat més càlida i absoluta; aquests altres cops no hi va haver necessitat de banyar-se ni dutxar-se per esborrar cap màcula comprometedora. Gràcies a aquest muntatge gairebé cinematogràfic el Pep obtenia la pel·lícula «Estiu romàntic amb la Marta a Banyoles».

5

I el Sègol, com actuava en aquests casos? Doncs amb una tàctica similar a la que utilitzava quan jugava a escacs. Ell era un jugador previngut; s'ho pensava molt abans de deixar-se menjar un alfil o una torre. Fins i tot quan havia de moure un peó es podia passar una bona estona amb la vista fixa a l'escaquer mentre estudiava tots els moviment possibles. I això, pel que feia a les noies, volia dir que sovint eren elles les que havien de prendre la iniciativa.

Així va ser el seu primer cop.

«La Yolanda està boníssima.» Aquesta era la manera salvatge i concloent amb què els amics del Sègol definien els encants d'aquella noia. Ell, però, no opinava sobre el tema. És clar que més d'un cop havia repassat la Yolanda de reüll, quan eren a classe. Sobretot en els dies en què ella duia un d'aquells tops explosius i els pantalons arrapadíssims. Però la Yolanda era una noia de xiclets i de Manolo García, i aquella no era l'onda que li anava al Sègol.

El Pep, en canvi, va iniciar una ofensiva de les seves. En aquest cas ho feia de manera bastant esportiva; és a dir, li agradava fer-se trobadís quan sortien de l'institut i si podia es quedava una estona a parlar amb la Yolanda. De vegades li proposava que anessin a beure alguna cosa plegats, i en aquests casos li era convenient que també hi fos el Sègol o algú altre, per allò de tenir una mica més de context humà. Asseguts en una de les taules de fora del bar El Cachalote, a prop de l'institut, comentaven les classes, es cagaven en certs professors i tenien converses repetides, que no per ser-ho els semblaven menys interessants.

—I tu, què, Sègol? Com ho veus? —li deia la Yolanda.

Les respostes d'ell solien ser lacòniques i ambigües: «És un cabrit, això és clar» (quan es parlava d'algun professor), «Una al·lucinada, tia» (sobre alguna pel·lícula o notícia d'actualitat).

L'ofensiva del Pep no va arribar mai a l'estadi de trucar a la Yolanda. Probablement perquè veia que la cosa no avançava. Però tot i això, entre ells es va crear un certa amistat.

Un dia que eren amb un grupet a El Cachalote, el Sègol va dir:

—Pep, ja tens acabat allò dels residus tòxics? Era per a dimecres, no?

El Pep va explicar-li que sí que havia fet el treball, però que li havia sortit una merda. I aleshores la Yolanda, que ho havia sentit, hi va intervenir:

—Sègol, jo vaig trobar un munt d'informació a Internet i me la vaig baixar. Si vols te la puc passar... o encara millor si vinguessis a casa, així no l'hauria d'imprimir.

No va ser fins que no va arribar a casa de la Yolanda, l'endemà, que el Sègol no es va adonar que a més a més de la informació sobre residus tòxics també hi havia alguna altra cosa en joc. El pis de la família de la Yolanda era al carrer Concòrdia, a l'altra banda del Paral·lel; era petit i en un edifici lleig dels anys setanta.

—Ei, hola, puja —li va dir ella a través del porter electrònic.

Era la primavera i la Yolanda anava descalça. El Sègol no va tardar gaire estona a assabentar-se que els pares de la Yolanda estaven separats, que ella vivia amb la mare i que en aquell moment la mare estava treballant a l'hospital, com a auxiliar.

—Fan torns de dotze hores —va informar-lo la Yolanda.

—Quina putada! —va dir ell, per dir alguna cosa.

I ella va riure. Tota la història dels residus tòxics era un rotllo impressionant i el Sègol ja estava avorrit abans de començar. Es van passar una bona estona davant de l'ordinador: ell copiava allò que li podria servir per al treball i la Yolanda anava fent comentaris al marge, que volien ser útils de cara al projecte. Però quan l'ordinador es va penjar —la pantalla glaçada amb el cursor immòbil— el Sègol es va sentir alleugerit.

—Ei, gràcies, Yolanda. Em sembla que amb això ja en tinc prou i de sobres.

—No marxis, ara. Espera't una mica, que de seguida es despenjarà —va protestar ella—. El que passa és que és un ordinador molt capritxós.

Tot això la Yolanda ho deia asseguda a terra, l'esquena recolzada contra el llit. I el Sègol no entenia per què, però no es decidia a marxar.

—Vols un xiclet? Jo sempre en menjo.

—Sí, ja m'hi he fixat.

Aleshores ella va proposar que escoltessin música.

—Quins grups t'agraden?

—Tens alguna cosa de Los Lobos o d'aquells australians superbons, The Wizards?

La Yolanda no sabia ni qui eren i en comptes d'això va escollir una cosa maquinera, d'aquelles que peten contra el ventre.

I després va venir el comentari que va accelerar les coses:

—Ostres, m'encanten els cabells que tens! A mi m'hauria agradat molt ser pèl-roja.

El Sègol va somriure mentre mirava els cabells llisos i negres, tallats fins a sota l'orella, de la Yolanda. En aquell moment ell ja estava assegut al costat d'ella i, per tant, el contacte no va ser gens difícil. Tot va començar amb «a veure, en tens molt, de cabell, no?». Més enllà, un petó, petons, les mans que busquen el cos de l'altre i que es mouen amunt i avall, reconeixent, descobrint... I en sec, el Sègol que s'atura.

Ja feia estona que sentia la veu de l'Adrià, el seu pare, que li martellejava el cap. «Mira, Sègol, fes el que vulguis, però pren precaucions», li havia dit mil cops. «Pensa que no pots deixar una noia prenyada, i tant o més important que això: la sida està a l'ordre del dia.» «Pare, no et passis!», li contestava ell en aquells casos. I el seu pare deia que no es passava en absolut i aleshores aprofitava per posar-hi una culleradeta de consells morals: «Si pots, procura no fer mal a ningú i que ningú no et faci mal, i no estic parlant de mal físic... o potser sí, però no només.» I el Sègol es mirava el seu pare amb el cigarret als dits, i li deia que estigués tranquil, que ja aniria amb compte. Evidentment, el que no li confessava en aquells temps era que ell encara no havia tingut mai relacions sexuals normalitzades.

—Què et passa? —va preguntar-li la Yolanda al pis del carrer Concòrdia.

—Que no tinc res, vull dir que no tinc... preservatius.

Ella no es va atabalar gens; li va dir que si volien ferho bé ell podia anar-ne a buscar a la farmàcia o al súper de baix.

—És aquí mateix, serà un momentet.

—Ah, val, doncs ara torno —va fer ell i es va afanyar a quillar-se un mica; es va cordar la camisa i els pantalons.

Però quan va ser al carrer li va agafar una sensació estranya. D'una banda, sentia la urgència de tornar a ser a dalt, amb la Yolanda, i menjar-se aquella boca de llavis calents i gust de xiclet de maduixa; i de l'altra, li venien unes ganes horribles d'arrencar a córrer i escaparse d'allí. Però, a l'últim, com sol passar en aquests casos, va poder més l'escalfor de la Yolanda que les ganes de fugir.

Va entrar a la farmàcia i va demanar una capsa de Durex. Va intentar donar la impressió que feia anys que entrava a les farmàcies per comprar preservatius; potser per això a la farmacèutica se li va escapar un somriure amable, gairebé maternal.

Quan la Yolanda li va obrir la porta del pis només duia el top i les calces. Malgrat el seu nerviosisme, el Sègol va notar que ella tornava a mastegar xiclet. Quan havien iniciat la tongada de petons més profunds, ella havia fet una bola amb el xiclet i l'havia enganxada al cantell del llit.

—Tot bé?

—I tant, cap problema.

Els va costar una mica tornar a recrear el clima que havien aconseguit feia una estona: d'una banda, sentien la complicitat de saber que aquest cop anirien a totes, però de l'altra, notaven que els cossos s'havien refredat momentàniament i que els seus gestos eren més ineptes que abans. Va ser la Yolanda, més traçuda, qui va salvar la situació: va descordar la camisa del Sègol i li va apartar del cos amb gest suau que era gairebé una carícia. «Hòstia, el moment tan esperat», va pensar ell. Bé, potser no amb aquestes paraules exactes, però aquest era el sentiment.

—Què, t'ho poses?

En sentir allò el Sègol va saber que havia d'actuar i que ho havia de fer de pressa. Ara bé, una cosa era voler fer creure a la farmacèutica que ell ja feia anys que comprava preservatius, i una altra molt diferent era posar-se'l davant de la Yolanda com si ho hagués fet tota la vida. Va desembolicar la capsa i va extreure un d'aquells paquetets lluents i rígids.

—Semblen paquets de xiclets, no trobes? —va comentar ella, rient.

—Clavats.

No és que vulguem entrar en detalls de cap tipus, i anatòmics encara menys, perquè seria com de mal gust. I tanmateix, s'ha d'explicar que el Sègol era naturalment ben dotat. És a dir que quan va tenir el preservatiu a la mà i va veure on l'havia de col·locar, el seu primer pensament va ser: «Hosti, això no m'hi cabrà.» Llavors va iniciar l'operació amb una certa dificultat; tot li tibava i li feia mal.

—Ja està?

—Quasi. Un momentet...

Però la Yolanda va adonar-se que ell no se n'acabava de sortir i li va donar un cop de mà. Perquè s'ha de fer justícia a la noia: la Yolanda podia ser maquinera, podia mastegar xiclet fins a rebentar, però també sabia ser dolça i no va fer cap escarafall quan va adonar-se que el Sègol era molt més inexpert del que ella hauria imaginat mai.

Ho van fer damunt el llit i no s'hi van recrear gaire. En realitat, al Sègol li va semblar que la fase prèvia havia anat molt millor que l'acte en si mateix. I probablement tenia tota la raó.

El comentari de la Yolanda el va deixar glaçat:

—Ja estàs?

Ell va assentir amb el cap i es va afanyar a fer-li una sèrie de petons al coll. Mentrestant, per dins pensava que no tenia ni idea de si hauria d'haver durat molta més estona o si ja estava bé així, curtet. Després va anar al lavabo per treure's el preservatiu. El va tancar fent un nus a la base, el va rentar bé per fora, i quan el va tenir ben eixugat se'l va endur per llençar-lo en una paperera del carrer; li feia vergonya de tirar-lo al vàter i que es pogués quedar surant allí, dins de la tassa.

La Yolanda l'esperava a l'habitació mig vestida. El Sègol també es va posar la roba. Es van estar una estona asseguts al llit, les mans agafades. Ell no sabia què dir. Ella tornava a mastegar xiclet.

—Bé, no? —va fer la Yolanda a l'últim.

—Sí, molt.

—Vols que ens tornem a mirar allò dels residus tòxics?

—Val.

Però no van poder: l'ordinador continuava penjat.

6

Aquell final de juny no va ser com els altres. Després de les moltes hores d'estudi, del *pressing* que havien fet per a l'examen de la selectivitat, després de llevar-se cada dia amb un objectiu ben concret, ara tots ells se sentien descol·locats.

—Hem acabat, tio, que no te n'adones?

—Passo de l'insti que t'hi cagues!

—Em penso tirar totes les vacances sense fotre res.

—Doncs jo ja m'he lligat un curret.

—I tu, Sègol?

Però el Sègol no es manifestava. És clar que estava content d'haver acabat la secundària, ja era hora. I tanmateix, aquella mena d'extensió immensa que s'obria davant seu el tenia desorientat. Ell havia viscut la seva escolaritat com una cadena perpètua suau, amb algunes estones bones, amb rialles, divertint-se, i també amb desenganys i amb més d'una temporada de desassossec total. Però malgrat això, havia estat un temps bastant còmode: anaves fent i no t'havies de plantejar gaires interrogants. Se't pagava per estudiar, com si diguéssim.

Hi havia hagut, això sí, el sotrac just abans d'iniciar els dos últims cursos de batxillerat.

—Pare, vols dir que els he de fer? —li havia preguntat el Sègol.

Però l'Adrià va ser taxatiu:

—Això, deixa-ho córrer i sigues burro com jo! No, xato, no, ho acabaràs per pebrots.

I d'aquesta manera tan expeditiva es va tancar la qüestió.

En canvi ara era diferent: es tractava justament de decidir, d'escollir. L'Anne-Marie li aconsellava que fes les proves per entrar a l'Institut del Teatre, però ell no ho veia clar.

—Tinc la gràcia al cul, jo.

—No és veritat. Sempre que has fet coses te n'has sortit molt bé. Que no recordes aquella obra que vau muntar amb el grup, fa dos o tres d'anys... com es deia?

—Allò era un adaptació subnormal de Romeo i Julieta que es va inventar un profe incompetent que, a més a més, es creia autor teatral. Mira, no me'n parlis, d'allò.

Però l'Anne-Marie, que era una holandesa tossuda, no el va deixar tranquil fins que no va aconseguir que ell presentés els papers de sol·licitud d'entrada a l'Institut del Teatre.

—Almenys així et deixes aquesta porta oberta —li va dir ella.

Sí que li hauria agradat fer teatre. I potser molt i tot. Però també li feia por, por de no sortir-se'n. «Ho has de fer de puta mare, si no, no et volen», s'explicava a si mateix, i amb aquest plantejament se sentia més justificat. Era una d'aquelles trampetes per no encarar-se amb el possible fracàs. «Com que segurament no ho faig de puta pare, no val la pena ni que ho provi», qüestió resolta.

Una altra cosa que li hauria agradat estudiar hauria estat cinema. Li fascinava la possiblitat d'empescar-se una idea i que després aquesta mateixa idea es pogués desenvolupar, créixer i convertir-se en una pel·lícula, amb escenaris diversos, amb actors de veritat, amb una història que deixaria els espectadors acollonits i captivats a la butaca.

—Què vols ser, l'Spielberg o l'Almodóvar? —li va dir el Pep un dia que ho parlaven—. Ei, t'hauràs de canviar el nom, eh? Sègol no va enlloc.

—Vés a cagar, vols?

—Com s'hi ho veiés: un cartell amb una mica de morbo, tia despilotada i tio amb una pistolassa de l'hòstia; com a fons, un paisatge urbà supercutre i el títol de la pel·li: *Todo sobre el bolingas*, i la versió catalana amb el suport de la Generalitat: *L'autèntica història del maromo*. Bestial, no?

—Mira, Pepo, dubto molt que arribi a ser director de cine. Però d'una cosa n'estic segur: almenys no em tiraré la resta de la meva vida contemplant la pinyata de la penya. I això és el que vols fer tu, tio.

—Però si està superbé. Tinc una cosina que ho va acabar i ja està treballant *full*. I no et pensis que s'hi mata, eh?

—Vols dir que hi ha gaires tios que ho estudiïn, això?

—Jo què sé. I si tot són noies, molt millor, encara. M'ho passaré pipa.

—Mecànic dental, quina horterada! Si com a mínim tingués un altre nom. «A què et dediques?», «Sóc mecànic», «De cotxes?», «No, de dents», i ho hauràs de dir sense riure... Que fort!

El que el Pep no va explicar al Sègol era que els seus pares li havien dit que podia estudiar el que volgués, sempre que fossin uns estudis curts i pràctics.

—Res de filosofia o psicologia, aquestes són carreres de futurs aturats. Hem d'anar de cara a la cosa positiva —li va dir el seu pare en una ocasió.

I quan el Pep va voler saber per quina raó la filosofia i la psicologia eren «la cosa negativa», el seu pare el va tallar en sec:

—Mira, maco, ja hi ha massa gent que pensa. Avui dia ningú no et paga per filosofar. I a més, la psicologia està passada de moda.

Aquesta escena transcorria al menjador de casa seva, amb el testimoni de l'avi, que també hi va voler ficar cullerada:

—Pep, el que has de fer és fabricar portes blindades, com el teu pare. Això sí que dóna quartos.

—Tu no t'hi posis, papa.

Per la seva banda, el Sègol sabia que entrar a l'escola oficial de cinema era extremament difícil i que l'opció d'estudiar en una de les escoles privades no estava a l'abast de l'economia del seu pare.

Sempre que el Sègol i el Pep tenien aquestes converses de futur, acostumaven a oscil·lar entre el futur a llarg termini, el Gran Futur, diguem-ho així, i el futur més pròxim; en aquest cas, el futur d'aquelles vacances. I així passava en aquell migdia de finals de juny. S'havien intal·lat en una de les taules de fora del bar La Pubilla, davant de casa el Sègol. Tots dos bevien una clara i picaven ametlles salades.

—Saps què em van dir a casa? Que durant el mes de juliol hauré d'ajudar a la botiga —va explicar el Pep—.

Em sembla que la noia que normalment contesta al telèfon agafarà les vacances ara.

—Portes Fichet, en què puc servir-los? Aquí ho blindem tot —va fer el Sègol amb una veu greu i d'anunci.

—Estàs penjat, nen! I tu, quins plans tens?

El Sègol va arronsar les espatlles.

—No ho sé. És molt possible que de tant en tant marxi de bolo amb el meu pare. Ja l'he acompanyat més d'un cop. La meva feina consisteix a fer de xispes: connecto cables, col·loco xivatos de so, ajudo a muntar el que faci falta...

—És diver?

—Depèn del grup. Els músics de Barundi són bona gent, per exemple. En canvi, el cantant de Postres de Músic és un imbècil rematat.

El Pep va donar un copet al braç del Sègol i li va preguntar:

—El teu pare ha fet mai de tècnic amb Las Chungas?

—No n'estic segur, però si el criden ja li diré que seràs tu qui l'anirà a ajudar.

—Home, doncs, la veritat, no em faria res.

Mentre tenien aquesta conversa, a la taula del costat s'hi havia instal·lat una dona que duia un gos. Era rossa tenyida, anava molt arregladeta (brusa blanca, fina i un pèl transparent; faldilla fins al genoll, més aviat cenyida, i sandàlies de tacó alt; arracades, collaret i anells d'or o possiblement de bijuteria daurada). El gos, que era blanc i de raça caniche, s'havia assegut als peus de la seva mestressa, però de tant en tant mirava en direcció al

Sègol i el Pep; semblava que s'avorrís. La dona devia tenir entre trenta i quaranta anys, tirant cap a trenta-molts. Li havien servit un vermut blanc i fumava un cigarret amb tanta gràcia que tota la fumarada de tabac ros es dirigia de ple als nassos de la taula veïna.

El Pep seguia la conversa amb el Sègol, però molt sovint la vista li fugia cap a la dona del vermut. I tot d'una, ell va agafar una ametlla salada i la va llançar en direcció al gos veí. D'entrada, l'animal va ensumar allò que li acabava de caure al costat i a continuació s'ho va menjar. Després va voler apropar-se a la taula del Pep i això va fer que estirés la corretja. La dona del vermut va tombar el cap i va dirigir un somriure de compromís envers els nois.

—Que maco, el seu gos! —va dir el Pep, tot admirant-lo, i de seguida va afegir—: És un santbernat, oi?

La dona, que acabava de xuclar una pipada, va deixar anar el fum de cop, barrejat amb una rialla.

—O estàs de broma o de gossos no hi entens ni un borrall —va dir divertida.

I el Pep es va posar una ametlla a la boca i va contestar amb falsa sorpresa:

—Doncs jo hauria jurat que era un santbernat. La meva àvia en té un i és blanc, igual que aquest gos de vostè.

Mentrestant, el Sègol anava donant cops al peu del seu amic i, en veu baixa, li va dir:

—Estàs com una cabra!

Però el Pep no li va fer cap cas i va continuar la converseta amb la dona del vermut.

—Veig que li agraden molt les ametlles. Potser és vegetarià. I com es diu, el gosset?

—Becan. És un nom irlandès que vol dir «petit».

—Que maco! Has sentit, Segas? És perfecte i li queda la mar de bé. Si jo tingués un gos probablement també li posaria Becan.

A continuació va cridar el gos pel seu nom i encara li va donar un parell d'ametlles més. A la dona se la veia força afalagada: potser era per tot l'interès que aquell noi tan guapo mostrava pel seu caniche. Potser tenia altres raons.

I en sec, la conversa es va estroncar. El Pep acabava de veure l'Anne-Marie, que venia amb el Jonàs per la Ronda. Ella encara no els havia descobert i va ser ell, el Pep, qui la va cridar. La dona del vermut també va mirar amb certa curiositat aquella dona que s'apropava i que devia tenir la seva edat, però que era tan diferent d'ella: aquells cabells pèl-rojos recollits en una trena mal feta, aquella samarreta indonèsia de vermells i de sanefes, aquells pantalons amples i massa curts de camall, aquelles sandàlies que semblaven de missionera...

—Què, prenent l'aperitiu? —va dir l'Anne-Marie.

Com a tota resposta el Sègol va assenyalar els seus gots mig buits i el plat amb tres ametlles.

—Mare, tinc set —va dir el Jonàs.

—Ara pujarem a casa i beuràs tanta aigua com vulguis.

El Jonàs li va dir que no tenia set d'aigua i el Pep, per compensar-ho una mica, li va oferir les últimes ametlles que quedaven.

—Au, nois, me'n vaig. Sègol, no triguis gaire, que encara m'has d'ajudar. I tu, Pep, et quedaràs a dinar amb nosaltres?

—No puc, que m'esperen.

L'Anne-Marie i el Jonàs van travessar el carrer i van desaparèixer dins de la porteria. El Sègol i el Pep encara van quedar-se una estoneta més al bar, però quan la dona del vermut ja s'aixecava per marxar, ells van endevinar que era gairebé hora de dinar.

—Adéu, Becan, porta't bé, eh? —va dir el Pep.

—Adéu, fins un altre dia —va dir la dona.

El Pep es va quedar contemplant com la rossa i el gos s'allunyaven pel carrer del Marquès del Campo Sagrado. Es fixava en la feinada que tenia ella: la dona havia de controlar les estrebades de corretja del caniche i, al mateix temps, volia mantenir el seu aplom i aquella passa airosa que devia fer anys que cultivava. I no era fàcil.

¿Va ser aquella dona del gos la que li va portar la inspiració? Va ser potser la seva debilitat per l'Anne-Marie el que el va influenciar? Quina de totes dues va ser l'origen d'aquella idea?

No ho sabrem mai, però el cert és que quan es van aturar davant de la porteria del Sègol, el Pep va considerar que ja tenia el pla madur.

—Escolta'm, Segas, com vas amb l'Estela? —li va preguntar amb el to més natural del món.

—Jo què sé. M'imagino que és un capítol que ja pertany al passat.

—I com és això?

—Perquè fa més de dues setmanes que no l'he vista. I tal com està la cosa... No sé, em sembla que hi havia un cert mal rotllo. Potser vaig ser jo qui ho va embolicar, probablement la vaig cagar. És igual, deixem-ho.

Després de dir això, el Sègol es va quedar mirant el Pep i va alçar la barbeta amb un gest d'interrogació.

—A què ve tant d'interès?

—No, per res. És que volia saber com estava el patí.

—Gràcies, xato, t'ho agraeixo.

—Però d'ànims estàs bé, oi?

—De conya, que no ho veus?

—Millor, doncs. Escolta, Segas, ja fa temps que no fem cap aposta i em sembla que ara seria el moment de...

—Ei, va, menys rotllo i amolla.

—Amolla?

—Sí, home, que engeguis, que em diguis de què va la història.

Això últim, el Sègol ho va dir amb una certa impaciència. Ell ja sabia que l'expectació era una de les tècniques preferides del Pep quan arribava el moment de llançar un repte.

—És que és molt fort, tio. Dubto que t'interessi.

—M'ho dius o pujo a dinar i tu t'ho vas rumiant fins a l'hora del cafè?

—Quan hi penso... és que és fortíssim!

—Això ja ho has dit. Adéu, Pepo!

—No, espera't, si vols ara t'ho explico.

L'exposició del Pep no va durar ni cinc minuts. A continuació va fer una mena de ganyota, meitat comentari facial, meitat desafiament, i va dir:

—Què et sembla?

—Em sembla que desvaries, això és el que em sembla.

—Ja m'esperava una reacció d'aquest tipus. És l'acollonimient inicial. Pensa-t'ho, Segas, i ja em diràs alguna cosa. No cal que ho decideixis de seguida.

Allò últim, el Pep ho havia dit per dir, perquè ell coneixia el seu amic prou bé per saber que el Sègol havia picat. Si acceptaria o no l'aposta, això ja era una altra qüestió. Però ell coneixia aquells ulls brillants i aquell mig somriure del Sègol quan alguna cosa l'atreia o l'intrigava de debò.

Per això, quan a les quatre la seva mare li va dir que un amic el demanava al telèfon, ell va agafar l'aparell i va dir:

—Segas?

—Un mes, has dit?

—Exacte, si vols podem començar a comptar a partir de demà, o demà passat, per això no ens discutirem.

—D'acord. Però estàs com un llum.

—Comentari poc original. Adéu, guapo, i que hi hagi sort.

7

L'aposta que li havia proposat el Pep era ben simple, però no per això més fàcil de guanyar: el Sègol disposava d'un mes per conèixer una dona que, per edat, pogués ser la seva mare (any més, any menys, tampoc no calia filar gaire prim), havia de fer-s'hi amic i tot plegat havia de culminar amb una relació íntima.

És clar que el Pep ho havia formulat d'una altra manera més concisa i sense cap eufemisme. «Segas, t'has de lligar una tia que et dobli en edat, vull dir una dona que podria ser la teva mare. Tens un mes.» Així l'hi havia dit.

Aquella tarda el Sègol es va quedar a casa amb el Jonàs. L'Anne-Marie havia sortit a fer uns encàrrecs i l'Adrià era a fora, de bolo. El Sègol i el Jonàs s'havien instal·lat al sofà i miraven un programa de dibuixos animats. Bé, el que seguia el programa era el Jonàs; el Sègol, en canvi, tenia els ulls clavats a la pantalla i rumiava allò que li havia dit el Pep. Mentre mirava la tele, el Jonàs brandava el peu esquerra de tal manera que periòdicament aconseguia fer caure la sandàlia descordada a terra.

—Quina bestiesa de dibuixos!

—Doncs per què els mires? —va preguntar el Jonàs—. A mi m'agraden, són xulíssims.

—És igual, i estigues quiet amb la sandàlia.

—El què?

Però el Sègol no va contestar. Estava encaparrat, gairebé de mal humor. Per què havia corregut a trucat al Pep per dir-li que sí que acceptava l'aposta? Per què l'havia acceptada?

Probablement el que li havia tocat el voraviu havia estat l'enunciat de l'aposta. Si en comptes d'això el Pep li hagués dit: «A veure si ets capaç de llligar-te una tia de trenta-sis anys (trenta-cinc, trenta-quatre o trenta-set, és igual)», el Sègol no hauria anat més enllà. No hauria pensat que aquell desafiament tenia un significat especial per a ell. Van ser les paraules del seu amic: «...una dona que podria ser la teva mare.» Perquè per al Sègol la seva mare era aquella dona tan jove —encara una noia— de la qual ell tenia tots aquells records borrosos. Era ell qui s'havia fet gran, la seva mare no. I amb la mort, ella havia perdut tota possibilitat de convertir-se en una dona més madura. Potser per això, quan ara el Sègol provava d'imaginar-se com hauria de ser aquesta dona que ell havia de seduir, l'únic que sentia era un buit, una manca d'imatges. I aquest buit, que l'espantava, al mateix temps exercia una atracció estranya sobre ell. Era la fascinació del terreny inexplorat.

És clar que algú podria pensar que el Sègol tenia un model magnífic en l'Anne-Marie. Però allò era diferent. A partir d'una certa edat (potser va ser cap allà als tretze o catorze anys del Sègol) el paper de l'Anne-Marie va començar a canviar; ella tenia clar que durant uns quants anys havia suplert les funcions de mare, però que tard o d'hora havia d'arribar el moment en què les qüestions importants les parlarien pare i fill. Ella, en canvi, passaria a ser una persona molt pròxima, molt interessada en el que fes ell i disposada a donar tots els consells que calguessin, però no seria mai la seva mare.

El Sègol es va mirar el Jonàs, que estava concentrat en els dibuixos animats i continuava fent caure la sandàlia a terra, de tant en tant. El seu germanastre tenia gairebé onze anys menys que ell.

—Jonàs?

—Sí, ja paro —va contestar, defensiu.

—No, no parlo d'això. Escolta, a tu t'agraden les nenes de la teva classe?

—El què?

—Això, que si t'agraden les nenes de la teva classe.

El Jonàs va trigar a contestar; aquest cop la sandàlia havia aterrat una mica massa lluny i li va costar més que les altres vegades de pescar-la amb els dits del peu.

—T'agraden o no?

—Qui, les nenes? No ho sé. M'és igual.

—I l'Anna?

—Quina Anna?

—La teva mestra.

—Sí, és clar.

—Per què t'agrada?

—El què?

—Per què t'agrada l'Anna?

—Ai, Sègol, que estàs pesat! Jo què sé, deixa'm!

Després d'això el Jonàs es va fer un tip de riure perquè a la pantalla hi havia hagut una caiguda d'aquelles tan espectaculars dels dibuixos animats: un home s'havia precipitat al buit des de dalt d'un gratacel.

Però el Sègol no es donava per vençut.

—I la mama, la trobes guapa?

—Sègol, deixa'm!

—Sí o no?

—És clar que sí, pesat.

Aleshores el Sègol es va alçar del sofà, va prendre la sandàlia descordada del Jonàs i la va col·locar damunt de la tele. I per acabar-ho d'arrodonir, va apagar l'aparell.

—Per què l'has apagada, que no veus que ho estic mirant? Tu, nen, ets burro o què?

Però el Sègol no va contestar perquè ja havia marxat cap a la seva habitació.

8

Dos dies més tard hi va haver una trucada que va complicar els plans del Sègol. Va ser de bon matí, i ell, tot i que no dormia, encara era al llit mandrejant. Va sentir com l'Anne-Marie parlava en neerlandès i va adonar-se que la seva veu canviava de to i sonava alarmada. Abans que ella pengés el telèfon ell ja sabia que es tractava de la mare de l'Anne-Marie.

«Li deu haver passat alguna cosa a l'Oma», va pensar, perquè dins seu encara l'anomenava així: Oma, que vol dir «àvia» en neerlandès. L'últim cop que l'havia vista havia estat feia quatre anys, i ja aleshores la mare de l'Anne-Marie estava primparada de salut. En aquella ocasió el viatge a Holanda va ser més trist que altres cops, segurament perquè era la primera vegada que ells no es podien instal·lar a casa de l'Oma.

Hi van anar tots quatre: l'Adrià, l'Anne-Marie, el Jonàs i el Sègol. Es van allotjar a casa del Frans, el germà gran de l'Anne-Marie, i al Sègol aquell lloc tan modern i tan ordenat li va semblar antipàtic i li va fer enyorar la casa de l'Oma, sempre plena de llibres, diaris i revistes escampades pertot arreu i de coses malendreçades.

Aleshores ja feia mig any que havien venut la casa de l'Oma i ella havia anat a parar a una residència, no gaire lluny d'on vivia el seu fill gran. Aquell mes de juliol va ser especialment fred a Leeuwarden. El Sègol recordava el vent i la pluja i aquell cel fosc que feia l'entrada de la residència infinitament trista. Era un edifici alt i al vestíbul hi havia una colla de vells amb cadira de rodes; alguns semblaven ninots trencats, el cap els penjava damunt del pit i era difícil de saber si dormien o si simplement ja no tenien forces per alçar el cap. I malgrat aquella decadència humana i aquelles infermeres eficients però distants, l'Oma feia tot el que podia per conservar una certa dignitat i unes formes que l'ajudessin a pensar que a ella encara no l'havien llençada a la brossa. «Veniu, que anirem a la meva habitació i us serviré un cafè i unes galetes molt bones», va oferir l'Oma el primer dia que la van visitar. Aleshores, el Jonàs, que encara era molt petit, va estirar la mà de l'Anne-Marie i va dir: «Mama, anem, que aquí no m'agrada.» I l'Oma va fer veure que no se n'adonava.

Ara, quatre anys més tard, aquella senyora d'ulls blaus i cabells blancs, aquella senyora holandesa que durant una època havia intentat fer d'àvia del Sègol —una àvia bona, respectuosa i discreta— potser s'estava morint a la residència de Leeuwarden.

L'Anne-Marie va acabar la conversa telefònica i es va asseure a la taula de la cuina. Quan el Sègol hi va entrar se la va trobar guaitant per la finestra amb posat absent.

—Anne-Marie, qui era?

—El meu germà diu que l'Oma està molt malament. Els budells no li funcionen i els metges no saben si val la pena operar-la o no.

—I tu, què vols fer? Hi aniràs?

—Sí, suposo que sí, i com més aviat millor.

Tots dos es van quedar una estona en silenci. Al Sègol li hauria agradat afegir alguna cosa més, però no trobava les paraules. De reüll mirava l'Anne-Marie i la veia molt d'aquí, molt holandesa-catalana, com si diguéssim. Però ell intuïa que ara, per dintre, ella era l'altra; era l'holandesa que sabia que vivia lluny dels seus, l'holandesa que de sobte pensava que era una bona putada que no pogués anar a visitar la seva mare malalta sense haver de pujar a un avió i canviar de país.

—Escolta'm, Sègol —va dir ella al cap d'una mica—. Estic pensant una cosa... Em sembla que seria molt més senzill si no m'hagués d'emportar el Jonàs amb mi.

—Sí, és clar —va fer ell, comprensiu, però bastant a la defensiva.

—Ja saps com són aquests ambients d'hospitals i residències. El Jonàs s'avorrirà o, encara pitjor, s'ho passarà malament. Si almenys el Frans tingués fills de la seva edat o si la seva dona fos més canallera.

—Quan de temps t'hi penses quedar, allí?

—No ho sé, depèn, depèn de moltes coses. Si tot anés bé, no gaire, una setmana o deu dies.

El Sègol va arronsar les espatlles, però no va dir res.

—Ja saps que ara és la temporada forta de feina per a l'Adrià —va continuar l'Anne-Marie—. I això vol dir que ell no es podrà ocupar gaire del nen. Té molts bolos. Et veus capaç de fer-ho tu?

Tot i que el Sègol hauria preferit dir que ell no es podia ocupar del seu germanastre, que ell no servia per a allò, va acabar acceptant amb un sí resignat. I aleshores l'Anne-Marie li va fer un petó a la galta. Després d'això, ella, més alleugerida, es va posar pràctica: va agafar un paper i un llapis i va començar a escriure instruccions i llistes de coses que podien fer amb el Jonàs mentre ella fos a Holanda.

—Sègol, també et deixo el número de telèfon d'algunes mares de nens que van a classe amb el Jonàs. N'hi ha que són força simpàtiques i potser podríeu sortir i fer alguna coseta plegats. Per exemple, la mare del Pol Mira, la Lídia; viuen a Viladomat i el Jonàs i el Pol són molt amics.

El Sègol va clavar una ullada a aquells noms i números de telèfons i, en sec, va pensar que possiblement entre aquelles mares n'hi hauria alguna de separada. Però encara que ell no fos sempre la persona amb més tacte del món, aquell cop sí que va entendre que no era el moment indicat per preguntar aquelles intimitats a l'Anne-Marie.

9

—Què t'agradaria fer avui?

—No ho sé. Quan vindrà la mama?

—Jonàs, ja n'hem parlat, d'això. La mama va marxar a Leeuwarden a veure l'Oma, que està malalta.

—Ja ho sé, però quan vindrà?

—Mira, saps què farem? Aquest vespre, quan telefoni tu mateix li pots preguntar.

—Però segur que telefonarà? Com ho saps tu, això?

—Home, m'ho imagino... i a més, va dir que ens trucaria cada dia.

Aquesta conversa tenia lloc a la cuina; era l'hora d'esmorzar i el Sègol encara estava mig adormit. El dia abans el seu pare havia marxat de bolo amb El bigote de Dalí; tenien una sèrie d'actuacions a València, Alacant i Múrcia; estaria a fora quatre o cinc dies.

El Sègol s'havia fet un cafè amb llet i mentre se'l bevia fullejava un diari endarrerit que havia trobat en una pila de papers.

—Ai, perdona'm! —va dir el Jonàs, de sobte.

I el Sègol va alçar els ulls just a temps per salvar el diari del riuet de llet amb cacau: era el resultat del got que acabava de trabucar el Jonàs.

—Cony, nen, mira una mica el que fas! —aquesta va ser la primera reacció del Sègol.

—Perdona'm, ja t'ho he dit. Ho he fet sense volguer.

Però immediatament el Sègol va intentar calmar el seu propi mal humor. «Bon rotllo, li has de donar bon rotllo», es va dir. De la pica va agafar una baieteta groga i va netejar la superfície de la taula.

—Veus, Jonàs, no ha passat res. Però has de vigilar més, eh?

I després, quan el Sègol es va olorar la mà que havia tocat la baieta va adonar-se que feia una pudor impressionant de peus. «Veus?, mal rotllo.»

Cap a quarts d'onze ja ho havien fet tot i més: una estoneta de dibuixos animats; després el Sègol havia llegit un conte en veu alta, que havia agradat al Jonàs i que a ell l'havia deixat perplex i amb el dubte de si potser no l'havia entès (era una història vomitiva de l'amistat entre una rateta, un porquet i una granota, al final tots eren superbons); més tard havien construït torres amb blocs de fusta i tot l'interès del Jonàs consistia a poder-les destruir, així que les tenia acabades.

—Escolta'm, que t'agradaria jugar amb algun nen de l'escola?

—Sí, però com? Ara no anem a l'escola.

—No, ja ho sé, però jo podria telefonar i potser ho podríem arreglar.

—Ah, molt bé... i ja saps on viuen?

El Sègol el va deixar amb la paraula a la boca i va agafar la llista que li havia escrit l'Anne-Marie.

—Mira, provarem a veure si trobem el Pol Mira, oi que sou molt amics?

El Jonàs va fer una ganyota, com si li acabessin d'anomenar Frankenstein o Dràcula.

—El Pol Mira? És idiota.

—Però sou amics o no?

—Sí, però també ens barallem.

«Més val tirar pel dret», va pensar el Sègol mentre despenjava el telèfon. Hi va haver cinc rings i quan el Sègol ja estava a punt de penjar per evitar de trobar-se amb un missatge de contestador automàtic, va sentir una veu de dona:

—Sí?

Hola, això és a casa del Pol Mira?

—Sí, qui truca?

—Bé, jo sóc el Sègol...

—Què?, què dius?

L'havia cagada, però ja era massa tard: ell sabia de sempre que no hi havia res pitjor que dir el seu nom d'entrada, allò creava confusió i una certa suspicàcia en l'interlocutor.

—Deia que sóc el germà del Jonàs —i aquí va afegir el cognom—. Ell i el Pol van junts a l'escola, oi?

—I tu ets el pare del Jonàs?

—No, no, jo sóc el seu... el seu germà.

«Hosti, tu, t'ho estàs fent de pena, no?», va pensar el Sègol.

—Ja, ja ho entenc. I què volies exactament?

El Sègol es va quedar callat un instant. Què volia ell exactament? Ni idea.

—Mira, jo trucava perquè resulta que l'Anne-Marie ha marxat a Holanda, la seva mare està molt malalta. Va ser ella la que em va donar el telèfon del Pol, bé, el vostre i... i pensava que potser el Jonàs i el Pol podrien jugar una estona junts.

—Ah, potser sí que estaria bé... però ara mateix no puc sortir per acompanyar-lo. Voleu venir vosaltres aquí, a casa?

Uff, al final ho havia entès!

—Sí, perfecte, el Jonàs té moltes ganes de veure el Pol.

I després de dir això el Sègol va imaginar-se què hauria passat si ell hagués afegit: «I per cert, el Jonàs diu que el teu fill és un idiota.»

A l'últim, van convenir una hora i la mare del Pol li va donar l'adreça.

Quan la Lídia, la mare del Pol, els va obrir la porta, el primer que va veure el Sègol va ser la seva panxa de sis mesos. A continuació, mentre se saludaven, una mica tallats, el Sègol va observar-la millor i va arribar a la conclusió que tot i la prenyamenta, era una dona guapa. «M'imagino que així no deu estar separada, i a més, és igual perquè el que és segur és que està molt embarassada».

Però si la mare li va agradar, el fill, el Pol, el va trobar horrorós. Era un nen de cabells curts de barberia i de roba nova de trinca: semblava un homenet escurçat. El Pol no parlava, bramava. Tot i això, el Jonàs i el Pol van marxar de seguida cap a l'habitació de les joguines; semblaven dos veterans que haguessin fet la guerra en el mateix front i que ara estiguessin contents de retrobar-se.

La Lídia i el Sègol s'havien palplantat al menjador: no sabien ben bé com continuar l'escena.

—Vols prendre alguna cosa?

—No, gràcies, acabem d'esmorzar —va mentir el Sègol.

—Escolta'm, per mi encantada que et quedis, però si ho prefereixes, pots marxar una estona i després ja vindràs a buscar el Jonàs.

El Sègol es va veure el cel obert; ell no volia ser testimoni dels jocs i de les possibles baralles dels nens. Va donar les gràcies a la Lídia i li va prometre que tornaria aviat. Un cop al carrer va sentir-se lliure d'una manera una mica nova: era com una llibertat condicional; en aquell moment podia fer el que volgués, però al cap de no gaire hauria de recollir el Jonàs i se n'hauria d'ocupar altra vegada.

Es va comprar una llauna de coca-cola i després es va instal·lar en un banc de l'avinguda Mistral. Feia un dia d'aquells de principis de juliol en què Barcelona ja comença a mostrar-se tal com seria durant tot l'estiu: feia una calor humida, d'aquelles que et fan suar, i el cel estava ennuvolat. El Sègol era a prop d'un tobogan i d'uns gronxadors. Els únics que hi jugaven en aquell moment eren un nen i una nena xinesos que parlaven castellà entre ells. La mare, molt jove, seia en un banc veí al del Sègol. Ella estava capficada amb el seu telèfon mòbil i de tant en tant deia alguna cosa en xinès als seus fills.

El Sègol se la va mirar de reüll. D'ençà que havia marxat el seu pare, el dia abans, ell se sentia estrany. És clar que ja s'havia ocupat del Jonàs molts cops abans, però normalment era algun vespre o estones perdudes del dia. Aquesta vegada era diferent: fins que no tornés l'Adrià, ell era l'únic responsable del nen. Va tornar a espiar la jove mare veïna (que ara parlava pel mòbil i reia d'una manera curiosa, eren riallades xineses) i en sec va pensar que quan ell era petit la seva mare devia tenir més o menys la mateixa edat que aquella noia xinesa. «Però aleshores no hi havia telèfons mòbils», va pensar, i immediatament va sacsejar el cap, com si volgués esborrar aquella bestiesa. I l'Adrià, quants anys tenia quan ell va néixer? No podia ser gaire més gran que ell en l'actualitat. «Hòstia, si jo ara tingués un fill, què faria? Ni idea, ni puta idea.»

El nen xinès acabava de baixar pel tobogan cap per avall i havia aterrat amb tan poca gràcia que s'havia fet mal. La mare es va aixecar per mirar si allò era greu i quan va veure que no, el va renyar amb un picat de paraules molt guturals. De sobte, el Sègol es va sentir desgraciat, i no sabia si era per culpa de la família xinesa o pels seus pensaments. «M'està entrant el muermo. He de trucar a algú ara mateix», es va dir.

Quan ja era a la cabina va dubtar. El Pep devia estar treballant i, a més, ja s'havien passat una bona estona penjats al telèfon el dia abans. I al cap de poc, pum, li va venir al cap el nom i el número de l'Estela. Feia setmanes que no li havia dit res, però ara estava disposat a aventurar-s'hi.

—Digui?

—Hola, que hi és l'Estela?

—Qui la demana?

El Sègol va trigar a contestar. Aquella altra veu segurament era la mare de l'Estela.

—De part del Sègol?

—Com? Del *cego*?

—No, senyora, sóc un company de l'institut.

I aleshores el Sègol va captar una altra veu que parlava a prop del telèfon. «Segur que és ella», va pensar.

—Doncs, mira, la nena ara no hi és, eh? Ja li diré que has trucat. Com has dit que et deies?

—És igual, gràcies, senyora. Ja ho tornaré a provar més tard.

El Sègol encara va tenir temps de sentir més xiuxiuejos a l'altra banda de la línia i fins i tot hauria jurat copsar una veu que deia que no s'hi pensava posar per res del món.

Després d'això va retornar al seu banc i va contemplar el tobogan i els voltants deserts: els nens xinesos i la seva mare havien desaparegut. Si abans aquella escena l'havia fet sentir desgraciat, així, buida, gairebé el feia plorar. Va aixafar la llauna de coca-cola amb la mà, i va sentir el sorollet del metall retorçant-se. I a continuació es va repetir aquella mateixa idea: «Estic de muermo.»

10

Si la moral del Sègol ja no estava gaire alta, el panorama que va trobar a casa de la Lídia li va acabar de tirar per terra. El Pol i el Jonàs seien a terra, davant de la tele, completament anestesiats pel vídeo d'*El Rey León*.

—Hola, Jonàs, t'ho has passat bé?

Però el Jonàs no va contestar. De fet no el va ni sentir.

—Els he posat el vídeo perquè estaven una mica nerviosets —va explicar la Lídia.

—Ah, ja.

El Sègol no es va atrevir a preguntar què volia dir amb aquell «nerviosets». S'imaginava que els nens es devien haver barallat com gat i gos.

—Jonàs, Jonàs! Au, aixeca't, que hem de marxar.

No hi va haver resposta.

—Espera't, no te'l pots endur a mitja pel·lícula —va protestar la Lídia i va afegir—: Per què no et quedes a dinar? A ells ja els he preparat uns entrepans i cadascun té un bric de suc individual.

El Sègol va insistir en la seva voluntat de marxar; va dir que ell ja havia fet dinar a casa, que ja ho tenia tot llest... Però els crits d'oposició dels nens el van acabar de convèncer. Era preferible quedar-se que muntar una esceneta amb plors i rebequeries del Jonàs.

La Lídia era eficient. Havia tallat els dos entrepans dels nens exactament de la mateixa mida i els sucs de fruita ja duien la canyeta incorporada.

—Sobretot no feu molles, em sentiu?

Tampoc no hi va haver resposta.

—Vine, que mentre preparo el nostre dinar em faràs companyia.

El Sègol va seguir la Lídia i, un cop a la cuina, es va asseure en un dels tamborets alts que hi havia al voltant d'una taula que estava collada a la paret.

—Un pepito de llom amb pa amb tomàquet, et va bé?

—Sí, i tant, moltes gràcies.

—Vols una cerveseta, tu que no estàs embarassat?

El Sègol va dubtar un instant, però la Lídia li va dir que no calia que fes compliments.

—M'imagino que en aquesta edat us agrada la cervesa. El meu home a l'estiu sembla que mai no en tingui prou.

I mentre escoltava, el Sègol es preguntava on devia ser aquell home tan amant de la birra. Al cap d'una mica la Lídia va posar els dos plats dels entrepans damunt la taula i després es va enfilar en un altre tamboret, no sense un cert esforç.

—Nen, aquesta panxa em matarà. I pensar que encara em falten tres mesos!

El Sègol va somriure i va remprimir el comentari que li hauria sortir més naturalment: «Tela, la panxa!»

—Es portaran molt anys amb el Pol, però quan siguin més grans ja no es notarà tant la diferència. Ara, de totes maneres, no serà mai aquest abisme que hi ha entre tu i el Jonàs.

«Perill, perill», va pensar el Sègol.

—No m'ho hauria imaginat mai, que l'Anne-Marie tingués un fill tan gran com tu. Devia ser joveníssima quan tu vas néixer.

El Sègol va aprofitar per beure un glop de cervesa, potser així no es notaria tant que no deia res.

—És curiós, tu has sortit clavat a la teva mare, i, en canvi, el Jonàs no s'hi assembla gaire.

«Uff!»

—Jo sempre m'havia pensat que quan un dels pares és pèl-roig els fills també surten pèl-rojos.

—És que... és que en realitat no sóc fill de l'Anne-Marie.

—Ai, perdona'm, noi, potser sóc massa tafanera.

—No, tranquil·la, no passa res.

Però per dintre el Sègol pensava que sí que era massa tafanera pel seu gust.

—Així, els teus pares deuen ser divorciats, oi?

«Collons!»

—No, no ben bé. El meu pare és vidu.

—Ostres, he tornat a ficar la pota. Em sap greu.

El Sègol va repetir que no tenia cap importància. Després d'això a la cuina es va crear un silenci una mica espès, un silenci que només es trencava amb les cançons d'*El Rey León* que arribaven del menjador. I al Sègol li va semblar que mai a la vida havia fet tan soroll per mastegar un entrepà de llom. A les postres la cosa es va animar i van recuperar un clima més distès; la Lídia preguntava quins eren els jocs preferits del Jonàs, i el Sègol s'inventava les respostes basant-se en quins havien estat els seus jocs preferits d'infància. Però més tard, amb el cafè, la situació es va tornar a complicar.

—Et fa res si fumo? —va preguntar la Lídia.

—No, no, en absolut.

—Mira, tothom em diu que no n'hauria de fumar ni un, però és que estic ben enganxada. No et pensis, mai passo de tres cigarrets al dia... Ai, perdona'm, no te n'he ofert. Que fumes, tu?

—Bé... no.

Una mica més de silenci i en sec aquella pregunta curta i totalment inesperada.

—La teva mare, va ser un accident?

En unes altres circumstàncies és gairebé segur que el Sègol no hauria contestat com ho va fer, però ja hem dit que aquell dia no estava fi. Notava la seva sensibilitat encetada, a flor de pell. L'absència de l'Anne-Marie i el pes d'haver-se d'ocupar del Jonàs tot el sant dia... Va ser un cúmul de motius. Vés a saber si aquella telefonada frustrada a l'Estela no l'havia acabat de deixar tocat.

El cas és que aquesta va ser la seva resposta a la pregunta de la Lídia:

—No, no va ser un accident. O potser sí, però un accident d'una altra mena. La meva mare va morir d'una sobredosi, d'heroïna, s'entén.

I just quan acabava de dir aquestes paraules ja se'n penedia. El Sègol va alçar els ulls i va veure la cara que feia la Lídia. En el rostre d'ella hi va llegir la sorpresa, l'angúnia, la pena i la incomoditat d'aquella confessió.

—Perdona'm, ho sento —va aconseguir dir ella, amb un filet de veu—. Ja t'ho he dit abans, que de vegades no sé callar a temps.

En sec, al Sègol li va agafar un gran malestar. «Però tu estàs boig, tio», es va dir. «Aquesta tia està a punt de parir i tu li expliques aquesta història de por. I per culpa teva potser perdrà la criatura o li sortirà tarada. Amb estrès i mal rotllo, segur.»

—Ei, per favor, no diguis burrades. Al revés, he estat jo que m'he equivocat. Ja sé que hi ha certes coses que és molt millor no explicar-les.

Després d'això, la intimitat de l'espai reduït de la cuina els resultava molt molesta a tots dos: havien d'escapar-se'n, però sense que es notés gaire. La Lídia va tenir la bona pensada d'anunciar que tot seguit faria cafè i que se'l podrien anar a prendre al menjador.

—Vaig a veure si ja s'ha acabat el vídeo —va dir el Sègol.

El Jonàs i el Pol continuaven asseguts exactament en el mateix lloc, i quan el Sègol els va preguntar si faltava gaire per al final, el van ignorar del tot. La Lídia i ell van beure el cafè a la taula del menjador; ara per sort ja no els calia dir res perquè tenien la banda sonora de la pel·lícula.

—Ja està, ara sí que s'ha acabat! —va cridar el Pol al cap de deu minuts.

El Jonàs es va ajeure a terra i després, com si fos un comentari, va donar un cop de puny al cap del Pol. Aquest no s'hi va tornar, però també es va ajeure al costat del seu amic i va alçar les cames enlaire. Aquesta gimnàstica va produir un pet sorollós.

—Pol!

—Què passa?

El Sègol ja s'havia begut el cafè i va dir al Jonàs que s'espavilés perquè era hora de marxar.

—Vine, Pol, que els acompanyarem a la porta.

Tots quatre eren al rebedor del pis i la Lídia va ajupir-se per fer un petó al Jonàs. Ell li va tornar sense gaire entusiasme.

I aleshores va passar un petit incident. La Lídia va dir adéu al Sègol, i ell, amb un gest insegur, va alçar la mà dreta, com per a una encaixada formal. Ella, en canvi, va retenir la mà d'ell entre les seves durant uns segons i a continuació li va fer un petó a cada galta.

—Si voleu tornar, ja ho sabeu, tens el nostre telèfon, oi? —va afegir.

—Sí, gràcies. I moltes gràcies pel dinar.

Mentre baixava l'escala el Sègol anava pensant en el que hauria volgut dir a la Lídia i no li va dir: «Que vagi molt bé el part. Que el nen surti ben maco. Ah, i no et preocupis per això de l'heroïna. Al teu fill no li passarà res.»

Quan ja eren camí de casa, el Jonàs va prémer la mà que el Sègol li tenia agafada i li va dir:

—Saps què m'ha dit el Pol?

—Què?

—Que la seva mare té la panxa tan grossa perquè a dins hi ha un germà seu i una tele.

—Una tele?

—Sí, perquè no s'avorreixi.

—I tu què li has dit?

—Que era idiota.

11

Després de com havia anat la visita a casa del Pol, al Sègol li va fer l'efecte que mai no podria guanyar l'aposta del Pep. Aquell migdia amb la Lídia l'havia deixat amb la sensació que les dones d'una certa edat eren un món inaccessible i, el que era més greu, que en aquell món ell no s'hi sabia moure i perdia tot l'aplom que pogués tenir amb les noies de la seva edat. «Potser hauria de dir-li al Pep que ho deixo córrer, que no val la pena ni provar-ho», pensava el Sègol.

I tanmateix, per alguna raó s'hi resistia; ell no s'havia rendit mai davant d'una aposta. Aquesta també era una d'aquelles lleis no escrites que complien estrictament: un cop has acceptat una aposta has d'intentar guanyar-la sigui com sigui; pots perdre, però rendir-te, mai.

Van seguir uns dies d'una certa calma. El Sègol llegia llibres en veu alta al Jonàs, jugava amb ell, miraven junts la tele i quan el Jonàs deia que estava avorrit, el Sègol se l'enduia a fer una volta pel barri i després anaven a prendre una orxata al carrer Parlament. Però fins i tot aquesta quotidianitat es va anar convertint en una successió d'accions monòtones; cosa que acostuma a passar quan has de vigilar la canalla durant massa temps seguit.

En un d'aquell matins el Sègol va emportar-se el Jonàs a la plaça Folch i Torres; no és que fos un lloc ideal per jugar, però almenys era a l'aire lliure i queia a la vora de casa. Havien portat un camió gros de plàstic groc i el Jonàs estava molt engrescat perquè va dir que construiria carreteres en aquell terra sorrós de la plaça.

—Vigila amb les caques de gos i les xeringues, eh? —el va advertir el Sègol.

El Jonàs ja sabia de què anava, tot allò. Però va voler afegir un comentari morbós sobre el tema:

—Hi ha nens de la classe que diuen que si et punxes amb una xeringa et pots morir.

El Sègol se'l va asseure a la falda.

—Home, no ho crec, però has d'anar molt amb compte. S'ha d'estar al lloro, això sí.

Quan el Sègol va veure que el Jonàs ja s'entretenia molt bé amb el camió, va desplegar el diari i va buscar la pàgina d'anuncis personals. El títol i el subtítol el van desanimar bastant: «BÚSTIA D'AMICS» (i a sota) «Coneixes la nova manera de fer amics?»

La secció que li interessava a ell era la 3. «Noia busca noi». Durant un moment va témer que les anunciants serien massa joves per als seus propòsits, però una lectura ràpida del primer anunci va dissipar amb escreix el seu recel. «Dona de 48 anys, sensible, agradable, amant de la música i dels ocells vol trobar noi amb ganes de viure, estimar i ser estimat», deia el text. Hòstia, allò era molt fort! Ell volia guanyar una aposta, així de senzill. No volia estimar i ser estimat; almenys no d'aquella manera. Tenia una tírria horrorosa als ocells. I a més, com havia de ser aquest «noi amb ganes de viure»?

Segurament que la tia devia imaginar-se un caducat de 48 anys, com ella.

«M'agradaria conèixer el Josep de Vilafranca, el massatgista. Sóc la Rosalia de Valls», deia el següent anunci. «Passant un quilo», va pensar. Ni Josep, ni Vilafranca, ni massatgista; com a aspirant era una nul·litat absoluta. La seva única esperança es va centrar en: «Carme, 44 anys, amb ganes de riure i passar-s'ho molt bé. Truca'm.» Durant una estona va intentar visualitzar com devia ser aquella dona. Però com més hi rumiava, més dubtes tenia sobre la capacitat de riure de la Carme, i aquell «passar-s'ho molt bé» es convertia en una sèrie d'escenes desagradables en les quals ho feien tot menys divertir-se.

—Hola, què hi fas, aquí?

Abans de saber qui li estava parlant, el Sègol va tancar el diari d'una manotada; no volia que ningú l'enxampés llegint les pàgines de contactes. Després va alçar la vista i va veure una dona i un nen davant seu.

—No saps qui sóc, oi?

El Sègol no en tenia ni idea, però va fer un somriure de compromís. Ell ja estava acostumat que molta gent el reconegués fàcilment pels seus cabells.

—Em sembla que us vaig tenir quan fèieu tercer. Crèdit de fotografia, et sona?

—Ostres, i tant! —va dir el Sègol, que a l'últim l'havia identificada, però que continuava sense recordar el seu nom.

Aquell havia estat un d'aquells crèdits variables de tres mesos. S'hi havien apuntat l'Òscar, el Pep i el Sègol, entre altres. «La profe és superenrotllada i fa unes fotos de conya», es comentava a la classe. Però després, quan es tancaven al laboratori fotogràfic, en aquella foscor que només s'aclaria una mica amb la llum de la bombeta vermella, n'hi havia que els agafava per fer el subnormal. Un dia la fotògrafa els va deixar sols mentre ella anava a buscar material a la sala dels profes. Quan va tornar es va trobar l'Òscar enfilat dalt d'un tamboret; duia el tors nu i feia giravoltar la camisa amb una mà, com si fos una banderola. «És que l'Òscar estava fent un *full monty!*», van justificar els més deficients del curs.

El Sègol recordava aquell crèdit com un dels menys memorables de la seva secundària. Ja a l'època ell havia patit bastant per la profe, i no es pot dir que en aquells anys el Sègol fos especialment considerat o comprensiu. Simplement, ell veia que ella era bona tia i que no sabia com encarar-se a aquella banda de cavernícoles. «Us passeu un colló, tios!», els havia dit més d'una vegada. I llavors encara era pitjor; alguns es posaven idiotes rematats i començaven amb allò de: «Ui, ja li direm a la de les fotos que la vols protegir, potser et dedicarà una sessió especial a tu solet!»

—Ara ja deus haver acabat, oi? Com ha anat la sele? —va preguntar la fotògrafa.

—Bé, no em puc queixar. Hi havia algunes trampetes, però vaja...

Al fill de la fotògrafa se'l veia impacient i de tant en tant estirava el braç de la seva mare per indicar-li que volia marxar. Devia tenir dos o tres anys més que el Jonàs.

—Ara ens en anem, Sergi —va dir ella, i després al Sègol—: És que està molt emocionat perquè avui li compro una guitarra. Anirem aquí al costat, a La Clave de Sol.

—Ah, sí, ja la coneixo, aquesta botiga.

I al mateix temps que deia això, el Sègol recordava que el seu pare encara els devia diners d'una guitarra que havia comprat allà feia més de vint anys. «Me la vaig endur per provar-la i vaig deixar una paga i senyal. Però ja no vaig tornar mai més a la botiga», era l'anècdota que explicava l'Adrià.

—Que vius per aquí a prop? Nosaltres també; el Sergi i jo ens hem canviat a aquest barri fa molt poquet. Mira, ara que hi penso, divendres inauguro una exposició en una sala petiteta, al carrer de la Cera. Per què no véns?

El Sègol va dir que li encantaria i ella li va donar el número del carrer i el nom de la sala: Zoom.

—Em farà molta il·lusió que vinguis. Adéu, fins divendres. És a les vuit, no em fallis, eh?

—No, no. Adéu. Adéu, Sergi, i que hi hagi sort amb la guitarra! —va dir el Sègol, que almenys podia anomenar el nen pel seu nom.

12

—I no te'n vas recordar del seu nom? Rosa, tio, Rosa!

—Hosti, i tant! Rosa què més? Rosa... ah, Rosa Polar.

—Sí, això mateix. Rosa Forro Polar. Que ets pària, Segas!

—No era així?

—Rosa Pomar, nen.

—Ah, sí. Però vindràs o què?

—Potser sí. Està bé, no, la tia?

—És simpàtica...

—Sí, només falta que diguis allò de: «és bona comunicadora». No, home, no, vull dir que era bastant guapa, moderna i enrotlladeta.

—Suposo que sí. Passa per aquí casa i hi anirem junts, d'acord?

—Està bé, fins després.

El que havia fet decidir el Sègol de voler anar a l'exposició de la fotògrafa havia estat allò que havia dit ella: «El Sergi i jo ens hem canviat a aquest barri fa molt poquet.» El detall era important, perquè en cap moment havia parlat de «la nostra família» o «el tal, el Sergi i jo». No, no, ella i el nen eren el nucli familiar, això semblava claríssim. I a més a més, aquell vespre de divendres era la seva primera nit lliure des de feia més d'una setmana: l'Adrià havia tornat de la gira el dia abans i, tot i que estava rebentat, havia dit que ell s'ocuparia del Jonàs.

«Potser no hauria hagut de convidar el Pep. És capaç de muntar algun pollastre o d'enredar la història», va pensar el Sègol aquella tarda. Però si havia parlat de l'exposició al seu amic era perquè a ell el tallava una mica anar-hi tot sol.

Van arribar a la sala Zoom que encara faltaven uns minuts per a les vuit. El local era una antiga cereria transformada; a l'entrada encara s'hi podia veure el cartell original de la botiga, que era de vidre negre amb unes lletres platejades que deien: «Cereria Ramon Casals». A sota, amb una escriptura torta i desigual, hi havien penjat el nou cartell: «Sala Zoom, exposicions». El Sègol i el Pep es van quedar un moment a l'entrada; la sala era buida i tot semblava indicar que l'acte encara trigaria una mica a començar. Damunt d'una cadira hi havia una pila de programes de l'exposició. El Sègol en va agafar un i va contemplar la foto que l'encapçalava: era un carrer de l'Havana i a primer pla es veia un nen negre enfilat en un d'aquells cotxassos americans dels anys quaranta. El títol de l'exposició era «Objectiu Cuba o Cuba a través de l'objectiu».

A poc a poc la sala es va anar omplint de públic. Hi havia alguns joves, però la majoria devia tenir l'edat de la fotògrafa o era gent més gran. Un home d'uns cinquanta-i-tants anys i un gran mostatxo va fer un discurset de presentació (el Pep va sentenciar: «Aquest tio es pensa que és la rehòstia»), i després va parlar la Rosa Pomar. Ella s'havia arreglat força per a l'ocasió i feia goig. Duia uns pantalons amples amb molta caiguda i una brusa de color cru amb un bon escot; el toc de gràcia era un mocador de color cirera que li envoltava el coll i que penjava a banda i banda fins a la cintura; els cabells negres semblaven acabats de dutxar; també lluïa arracades llargues mexicanes i els llavis pintats d'un rosa discret.

—Ei, no la recordava així! Està molt més bona del que em pensava —va xiuxiuejar el Pep a l'orella del Sègol mentre la Rosa s'adreçava als de la sala.

Després d'aquesta introducció, els encarregats de l'exposició van servir una mena de xampanyet en copes de plàstic i unes galetetes dolces. El Sègol i el Pep es passejaven per la sala amb la copa a la mà. Les fotografies de la Rosa tenien una evident qualitat professional si bé no es pot dir que fossin gaire originals o que parlessin d'una visió personalíssima de Cuba. Eren fotos en blanc i negre, i n'hi havia moltes que mostraven els carrers de l'Havana, amb aquells edificis esplèndids que es conserven en molt males condicions; també hi havia retrats de cubans, homes fumant cigars i bevent rom, joves que anaven amb bicicleta, paisatges caribenys amb uns grans cartells que deien «*Revolución o muerte*», «*Viva la revolución*», «*Ni un niño cubano sin escuela*»...

Quan la Rosa va trobar el Sègol i el Pep, ells estaven encantats davant d'una foto d'una mulata guapíssima que seia a l'entrada d'una casa atrotinada i es ventava amb un diari.

—Hola, que bé que hagis vingut!

El Sègol i el Pep es van tombar, com un sol home, tots dos amb un somriure als llavis. La Rosa, que només s'esperava el Sègol, va fer una cara de sorpresa agradable.

—A tu també et vaig tenir, oi?

—Sí, anàvem junts al mateix curs.

I a continuació el Pep li va dir el seu nom i cognom.

—Ja sé que no us ho hauria de preguntar, però al cap i a la fi vosaltres éreu els meus alumnes: us agrada l'exposició?

—Sí, molt.

—Està superbé. És veritat que hi ha tants d'aquests cotxes americans que estan fets pols?

A la Rosa se la veia còmoda amb els seus exalumnes; sobretot ara que la relació ja no era la d'una jerarquia rígida de professora-alumne. Es va passar una bona estona explicant-los les seves experiències de l'estada de sis setmanes a Cuba. El Sègol i el Pep feien comentaris i, de tant en tant, preguntaven qüestions que ella, segurament, ja havia respost desenes de vegades abans. Al cap d'una mica el Sègol es va adonar d'una altra presència que s'havia aturat a la vora d'ells i que escoltava la conversa. La Rosa també se'n va adonar i es va girar.

—Ei, hola! Mira, aquests nois eren alumnes meus de fotografia a l'institut. Ell és el Narcís Gol, un fotògraf de primera.

El tal Narcís va limitar-se a somriure, però no va dir res. Ell era l'individu que havia fet el discurset de presentació. En aquest moment fumava amb pipa i al seu voltant hi havia un núvol de fum que s'escampava juntament amb aquella aroma tan agradable del tabac de pipa. El Pep, que ja havia decidit des d'un bon començament que aquell personatge no li queia bé, va ignorar el Narcís per complet i va continuar la seva conversa amb la Rosa. Però al cap d'una mica el Narcís hi va intervenir:

—El gran crim contra Cuba és l'embargament nord-americà.

El Pep se'l va quedar mirant sense dir res i es va adreçar a la Rosa.

—El meu pare diu que el Fidel Castro és un cabró impressionant.

La Rosa va somriure, però no va contestar. Hi va haver un moment d'un silenci tibant i aleshores el Narcís va deixar anar una rialleta per sota el bigoti.

—I a què es dedica el teu pare, si es pot saber?

—Portes blindades, per què ho preguntes?

—Deixem-ho córrer, ja m'ho hauria pogut imaginar.

—No sé què és el que t'hauries d'imaginar. Potser el que fa el meu pare és un negociet de merda, però almenys no pega el pal a ningú. En canvi el Castro aquest es veu que es queda amb tota la pasta de la canya de sucre.

—La realitat és molt més complexa que tot això —va comentar el Narcís, i immediatament es va posar a xuclar fort de la pipa.

—Jo no en tinc ni idea, però es veu que Cuba era un paràsit de la Unió Soviètica, eren uns *chupópteros*, vaja!

El Narcís va riure de nou i després es va concentrar en la pipa mentre s'acariciava el bigoti. Des que havia arribat el fotògraf, el Sègol no havia dit ni piu, però en aquell instant va creure convenient intervenir-hi:

—Pep, anem a mirar la resta de fotos?

El Pep va respondre amb un encongiment d'espatlles, però va seguir el seu amic.

—Sobretot, no marxeu sense dir-me res, d'acord? —va fer la Rosa, conciliadora.

El Narcís, en canvi, es va limitar a enviar-los un gest vague amb la pipa, que tant podia ser una salutació com un «aneu a fer punyetes».

Quan ja eren a l'altra punta de la sala, el Sègol va donar un cop de colze al Pep.

—De què anava, tot això? Vull dir que tu no en tens ni puta idea, de Cuba. Per què repeties les parides que diu el teu pare?

El Pep va fer una ganyota i després va allargar la mà cap a una tauleta on encara hi havia unes quantes copes plenes de xampanyet.

—Per què? Perquè aquest tio és un bavós. «El gran crim contra Cuba...», el gran crim és que hi hagi tios com ell en el món. El superexpert en política internacional, ja t'hi cagues!

—Nen, però hauries hagut de veure la cara que feia la Rosa. La tia no entenia res. I a més a més, potser són supercol·legues, què saps tu?

El Pep va riure una mica.

—Justament, d'això va el rotllo. Segur que el Pipes se la vol lligar, si és que no se l'ha lligada a hores d'ara.

El Sègol li va donar un altre copet al braç.

—I a tu què t'hi va? Em pensava que era jo qui havia de guanyar l'aposta i no tu.

—Ja ho sé, però és que hi ha individus que m'ataquen els nervis, i aquest n'és un.

El Sègol i el Pep van continuar voltant una estona per la sala i cadascun va beure tres copes. En un d'aquests tombs es van trobar al costat de la Rosa i va ser ella qui els va aturar.

—Com va? Ja us les deveu saber de memòria, les meves fotos. Escolteu, d'aquí a poquet anirem a menjar alguna cosa plegats, si voleu venir, ja ho sabeu.

Fins a quin punt era sincera la Rosa quan els va convidar a apuntar-se al seu sopar? És difícil de saber. I a més a més, probablement ella estava sota els efectes de la glòria momentània que es viu com a conseqüència d'exposar la teva obra davant d'un públic que es mostra receptiu i entusiasta. En tot cas, el Pep, que ja estava rebotat, va declinar l'oferiment. Sobretot perquè no hi havia cap pista ni cap garantia de qui seria aquest «nosaltres», subjecte el·líptic de l'anada a sopar.

13

Abans de marxar de la sala, el Pep havia promès al Sègol que li telefonaria l'endemà. «Que hi hagi sort!», li havia dit tot fent-li l'ullet. Després d'això va tornar a felicitar la Rosa per les fotografies i va desaparèixer.

El Sègol s'havia quedat a la sala, però no sense dubtes. No havia volgut marxar amb el seu amic, perquè el comportament del Pep l'havia irritat i, a més, aquella era la seva primera nit de llibertat després d'una colla de nits de fer de mainadera; per tant, sortir ja li venia de gust. Els dubtes, per contra, venien de la incògnita de saber amb qui aniria i també per allò que li semblava una mica extravagant: des de quan sortia amb exprofessores d'institut?

A mesura que passava l'estona les pitjors sospites s'anaven confirmant. La sala Zoom ja era pràcticament buida. El Sègol s'havia situat en un racó i des d'allí va fer el recompte dels qui s'havien quedat: la Rosa, el Narcís i els dos encarregats de la sala; així, doncs, quatre i ell cinc.

La Rosa, en veure'l tan sol, se li va atansar i li va dir:

—D'aquí a cinc minuts marxarem. T'agrada el menjar pakistanès? Perquè tenim pensat d'anar a un restaurantet que és molt autèntic, ja veuràs.

El Sègol, que mai de la vida no havia tastat res pakistanès, va dir que li encantava el menjar exòtic.

En menys de quinze minuts ja eren al restaurant, que es trobava al carrer Joaquín Costa. A la vora del restaurant i enmig del carrer hi havia grupets d'homes que parlaven en una llengua que el Sègol no entenia; li va semblar que era rus, però també haurien pogut ser bosnians o polonesos. Les portes del local estaven adornades amb fotos dels plats que oferia el restaurant i damunt de l'entrada hi havia el nom i un cartell en un castellà curiós que anunciava: «Si troben un altre restaurant pakistanès més barat a Barcelona els abonem la diferència.»

Per alguna estranya raó, el Narcís deixava anar una mena de rialletes curtes i periòdiques, gairebé com un tic nerviós. Van entrar a l'interior i de seguida els va sortir a rebre un pakistanès jove i servicial que els va indicar que a la sala de dins hi havia més lloc. Tots cinc es van instal·lar en una taula coberta per un hule un pèl enganxifós. Aleshores van venir les presentacions.

—El teu nom és impossible d'oblidar —va anunciar la Rosa, i a continuació i dirigint-se als altres—: Aquest noi és diu Sègol i és un exalumne meu.

—Sèbol? —va dubtar un dels encarregats de la sala.

—Com? No ho he entès —va dir l'altre.

—Deu ser un nom estranger, oi? —va dir el Narcís.

—No, però és igual, com si ho fos. Sègol és Sègol i ja està. Deixem-ho córrer.

La Rosa va assenyalar un dels encarregats, el que duia els cabells molt curts i tenyits de ros amb reflexos vermellosos.

—Ell és l'Ivan i aquest és el seu company, el Quique.

El Quique era clarament més jove que l'Ivan i portava ulleres de muntura negra i minúscula, i unes patilles molt fines que li baixaven fins més avall de mitja galta.

El Sègol va fer una salutació amb el cap mentre es preguntava què era exactament el que havia volgut dir la Rosa amb allò de «el seu company».

—Al Narcís tothom el coneix, i a mi, espero que també.

El cambrer havia deixat els menús damunt la taula i els comensals els van desplegar. El Sègol va llegir tots aquells noms d'uns plats que no entenia i després va intentar imaginar-se quin gust tindrien basant-se en l'explicació castellana escrita d'una manera peculiar. «Hòstia, pena que no hagi vingut el Pep, perquè els seus comentaris valdrien totes les pessetes!», pensava el Sègol.

I en sec, va trobar un requadre en la carta del menú que va donar-li algunes claus del que ja havia observat al seu voltant. «*Cocina ecuatoriana*», deia l'encapçalament d'aquella secció, i a sota hi havia una sèrie de plats de l'Equador. Això explicaria per què la majoria de les taules veïnes eren ocupades per equatorians. I aquell públic devia ser la raó per la qual la música que se sentia des que havien entrat al resturant era una mena de *corridos* equatorians.

—Rosa, em pensava que era un restaurant pakistanès —es va atrevir a comentar el Sègol, al cap d'una mica.

—Sí, que ho és, però em sembla que últimament també tenen una cuinera de l'Equador. És una mena de barreja simpàtica.

—A mi m'encanta el rotllo multiètnic —va dir el Quique en castellà.

El Narcís continuava xuclant la seva pipa i de tant en tant deixava anar les seves rialletes.

—Barcelona ja no s'assembla en res a la ciutat de quan nosaltres teníem la teva edat —va dir dirigint-se al Sègol.

—Ja, ja m'ho imagino.

—Barcelona serà diversa o no serà —va proclamar el Narcís.

«El que s'està perdent, el Pep.»

La Rosa va escollir els plats per a tots i després es van embrancar en la conversa de com havia anat la inauguració. El Sègol no hi participava gaire; en part no s'hi atrevia i, a més, ell preferia observar la «barreja simpàtica» de què havia parlat la Rosa. A la seva dreta hi havia dos joves d'aspecte equatorià que semblaven dormir amb el cap damunt la taula. «Una trompa com un piano», va deduir el Sègol, a jutjar per la quantitat d'ampolles buides de cervesa que hi havia al centre de la taula. Més enllà, un noi i una noia que no devien ser gaire més grans que ell es muntaven un soparet íntim, amb plats pakistanesos, amb te i, de tant en tant, amb algun petó i unes miradetes plenes de significat romàntic. Darrere seu hi havia un grup de tres equatorianes que s'ho passaven bé, reien, xerraven i més d'un cop s'apuntaven a seguir la cançó que sonava per tot el restaurant.

A la taula del Sègol la conversa general havia agafat altres camins i ara el que es discutia era si la fotografia podia ser una manifestació objectiva o si sempre era una interpretació de la realitat.

—I tu com ho veus, Sèbol? —li va preguntar l'Ivan.

—El què?

—Pobre Sègol! Me'l poses en un bon compromís —el va salvar la Rosa.

—Perdoneu, és que no he sentit la pregunta.

—De vegades em demano... —va deixar anar el Narcís, entre núvols de pipa—. Quants anys tens, noi?

El Sègol li va contestar a contracor.

—Doncs jo diria que a aquesta edat nosaltres teníem més teories —va dir aleshores el Narcís—, més idees sobre el món. Equivocades, segurament, però estàvem més compromesos. Almenys ens mullàvem el cul, no us sembla?

L'Ivan i el Quique no van dir res: de totes maneres ells eren molt més joves que el Narcís.

—Narcís, ets totalment injust amb això que dius —va saltar la Rosa—. I a més, tu no pots opinar, perquè et relaciones ben poc amb la gent jove d'avui dia.

—Potser sí que tens raó, però així i tot... els veig molt buits.

«Per què no vas al vàter i et continues mullant el cul ara mateix?», pensava el Sègol mentre s'entretenia a aixafar amb la forquilla tot allò que havia deixat al plat.

Per postres els van servir una cosa que es deia *ras gula*, i que consistia en una mena de mató barrejat amb un xarop molt dolç, i altres gustos que a la carta els definien com a «gustos intrigants» i que al Sègol li van semblar més aviat «gustos repugnants». En canvi, tots els seus companys de taula no paraven de lloar-ne les virtuts, i el Quique fins i tot en va demanar una segona ració.

A partir d'aquí, la vetllada va començar a esllanguir-se: tot d'una feia la impressió que l'ambient pakistano-equatorià hagués guanyant terreny en el restaurant i que la taula del Sègol fos l'única que s'havia quedat fora de joc. Així, doncs, van pagar i van sortir del local.

—Qui s'apunta a fer una copa en algun lloc agradable? —va dir el Narcís, com a pregunta general, però amb clara direccionalitat cap a la Rosa.

—Vinga, però només una, eh? —va dir l'Ivan per boca d'ell i del Quique.

—I tu, Rosa? Pensa que no ens pots fallar: aquesta és la teva nit —va temptejar el Narcís.

Però ella va fer que no amb el cap.

—Estic molt cansada. Això de les inauguracions em provoca un estat de nervis terrible. Ja sé que és una bestiesa, però mai no m'hi acabo d'acostumar. Em sento com si estigués passant un examen.

El Sègol escoltava i callava. Era evident que el Narcís no el considerava un candidat elegible per anar de copes.

—N'estàs segura, Rosa?

—Seguríssima, gràcies. Et trucaré aviat —i va afegir dirigint-se a l'Ivan i al Quique—. I amb vosaltres ja ens veurem, perquè aniré passant per la sala.

Ells van acomiadar-se de la Rosa amb un petó i van aprofitar per felicitar-la altre cop. El Narcís també va abraçar la seva amiga i després va afegir:

—T'hauré de vigilar perquè les teves fotos ja comencen a ser massa bones. Em fas por.

Tots dos van riure. Aleshores, el Quique va ser l'únic que va preguntar al Sègol si volia anar amb ells i aquest li ho va agrair, però va refusar.

—Adéu, noi! —va dir el Narcís.

Però el Sègol no li va respondre. Quan els altres tres ja havien marxat, la Rosa va agafar el Sègol de bracet i li va demanar:

—Oi que no et farà res acompanyar-me a casa? No és que sigui poruga, però anar sola de nit mai no m'ha agradat.

El Sègol va dir que només faltaria i va notar com es posava vermell. Van enfilar pel carrer del Carme i durant la primera part del trajecte no van parlar.

—Devem ser veïns, oi? —va dir la Rosa, al cap d'una mica—. Jo visc al carrer Tamarit, just al davant del mercat de Sant Antoni.

—Sí, queda molt a la vora de casa.

La resta del camí la van fer parlant d'altres alumnes que també havien estat al curs de fotografia juntament amb el Sègol. La Rosa li preguntava coses sobre el tal o el qual i el Sègol es mig inventava les respostes. Quan ja eren a l'altura del carrer Urgell, ella es va aturar davant del bar Amigó, que era a la cantonada amb el seu carrer.

—Si et ve de gust, podem prendre alguna cosa. Què et sembla?

—Ah... sí, per mi, perfecte.

Ella va demanar un whisky amb gel i el Sègol una cervesa. S'havien instal·lat en una taula a tocar de la finestra, i des del seu lloc el Sègol veia el mercat fosc i tancat; no sabia ben bé per què però li va fer pensar en una escena de crim.

—Sègol, perdona'm, però potser t'he utilitzat una mica. Vull dir que m'has servit com a coartada perfecta per no anar amb els altres.

«De què parla?», va pensar ell, una mica alarmat.

—No t'entenc, què vols dir?

Abans de contestar, la Rosa va remenar la bossa fins que va trobar el que buscava: el paquet de tabac i l'encenedor. Va encendre un cigarret i en va oferir un al Sègol. Ell va acceptar; allò no era l'institut i ella ja no era la seva professora.

—Quan dic els altres, vull dir el Narcís, esclar. L'Ivan i el Quique no em necessiten per a res, i menys per anar de copes. Potser sóc una mica paranoica, però durant la vetllada m'ha semblat veure per on anaven els trets del Narcís. És increïble, una tia se separa i els voltors triguen ben poc a aparèixer. Mira que fa temps que ens coneixem, el Narcís i jo, però fins ara ell sempre havia mantingut el seu paper d'amic i col·lega. Bang! Sap que ja no visc amb el meu marit i comença l'ofensiva.

El Sègol escoltava en silenci i per dins pensava que ell era, potencialment, un d'aquells voltors sense escrúpols. «Sort que no he fet cap pas en fals, perquè si no, ara em cauria la cara de vergonya.»

—Però això de la coartada que dius, no ho acabo de veure...

—Ai, Sègol, que ets dolcet! Tot plegat són maquinacions perverses de gent que ja ha perdut la innocència.

En la veu de la Rosa s'hi podia llegir una barreja de desengany i de coqueteria.

—Bàsicament, he pensat que si deixava entreveure que volia marxar amb tu, els altres, i sobretot el Narcís, ho interpretarien a la seva manera: els he facilitat el material perquè es fessin la seva pel·lícula.

—Ja, ja ho entenc —va dir el Sègol, i en aquest punt va notar com cada cop es posava més vermell.

Aleshores la Rosa li va agafar una mà i l'hi va estrènyer amb suavitat.

—Espero que no pensis que sóc massa retorçada, eh?

—En absolut! Cap problema... vull dir, bé.

Després d'això van abordar un terreny més neutre. La Rosa li va preguntar quines eren les seves aspiracions i cap a quin camp d'estudis es volia dirigir. El Sègol va contestar una mica de memòria: encara estava massa trasbalsat per tot el que acabava de passar. I a més, era tard i es notava cansat.

—Què et sembla? Anem? Jo ja fa hores que tinc el taxímetre posat: el Sergi s'ha quedat amb una cangur.

Va ser la Rosa qui va pagar les begudes i el Sègol li va donar les gràcies. Després tots dos van caminar fins a la porteria d'ella.

—*Voilà*, ja hi som. Sègol, ho repeteixo: m'ha fet molta il·lusió que vinguessis a la inauguració de l'exposició. I per això altre... també t'ho agraeixo.

El Sègol va dir que li havien agradat molt les fotos i ella va tornar a repetir allò que ell era «molt dolcet».

—Ara ja saps on visc. Mira, et dono una targeta amb el meu telèfon... de vegades, no se sap mai.

El Sègol va prendre la targeta i es va preguntar què era allò que de vegades no se sabia mai. La Rosa li va dir adéu i li va fer un petó a cada galta, i en aquell moment el Sègol es va amarar del perfum d'ella. Aquella olor no tan sols li va semblar bona, sinó que a més la va trobar excitant. Però immediatament va imaginar-se el cartellet que li recordava allò de «voltor sense escrúpols». Va esperar-se fins que ella hagués desaparegut del tot dins de la porteria i després va enfilar a peu cap a casa.

I durant tot el trajecte fins al carrer del Marquès del Campo Sagrado la idea bàsica que li va ocupar el pensament va ser aquesta: «Quina moguda de tia!» I per extensió: «Aquestes ties són una moguda!»

Probablement, quan el Sègol utilitzava el genèric «aquestes ties» es referia a una mena de prototip fabricat amb bocins de la Lídia, mare del Pol; de la Rosa Pomar, i del que s'imaginava que podrien ser totes les seves contemporànies.

Per això, abans de ficar la clau al pany de l'entrada de casa seva es va aturar un instant i va dir en veu alta: «Pep, em temo que l'aposta està cagada.»

14

L'endemà, va ser l'Adrià qui va despertar el Sègol. Ja eren passades les dotze i el seu pare va decretar que ja n'hi havia prou, de dormir.

—A veure si posem un mica d'ordre al pis. Anit vaig parlar amb l'Anne-Marie i em va dir que si tot va bé tornarà d'aquí a dos o tres dies.

—I l'Oma?

—Es veu que s'ha refet una mica. Però tot i això, l'Anne-Marie feia una veu terrible per telèfon. Em sembla que la situació familiar, l'actitud del seu germà i la cunyada, i el fet de veure sa mare tan cascada, tot plegat l'ha deixada molt abatuda. Va dir que enyora el Jonàs amb bogeria. I si a sobre, quan arriba aquí, es troba el pis fet un aixoll, li agafaran tots els mals.

Fins a l'hora de dinar van actuar com a brigada de neteja (amb uns resultats no gaire espectaculars) i, en acabat, van baixar a menjar a La Flor de la Xina, un d'aquells restaurants xinesos de barri que ja passen completament dels seus orígens i que en comptes de servir-te fideus asiàtics et donen espaguetis i la salsa de soja és de la casa Maggi.

L'Adrià estava de mal humor perquè aquella tarda havia de marxar de bolo a Girona i a Figueres amb el grup Postres de Músic. I el Sègol tampoc es pot dir que estigués de filis: per més que intentava no pensar-hi, tenia la sensació que la nit abans havia fet el ridícul. L'únic que s'ho passava bé era el Jonàs; a ell allò de dinar en un xinès sempre li venia de gust. Estava tan animat que va aconseguir tombar l'ampolla de vi del seu pare i tacar-se tota la samarreta de gelat de xocolata.

A la tarda, quan va sonar el timbre al pis del Campo Sagrado, el Sègol i el Jonàs seien davant de la tele amb actitud autista: s'estaven empassant els pitjors programes amb llargs intervals inacabables d'anuncis. L'Adrià ja feia estona que havia marxat.

—Sègol, que no ho sents? Han trucat! —va dir el Jonàs.

—Hi vas tu?

El Jonàs va anar fins a la porta del pis a peu coix, amb un d'aquells típics devessalls d'energia que deixen els adults bocabadats. El Sègol no s'havia mogut del seu lloc, però ara parava l'orella per veure qui havia vingut.

—Ah, hola.

—Hola, que hi és el teu germà?

El Sègol va reconèixer la veu del Pep.

—Sí, estem mirant la tele. El papa ha marxat i hem anat a dinar a un restaurant xinès, i jo he trabucat una ampolla de vi, però ho havia fet sense voler i, per això, el papa no m'ha renyat gaire, però el Sègol m'ha dit era un porc i jo m'he enfadat i...

Mentre escoltava tot això, el Sègol s'havia incorporat un mica i ara va cridar al seu amic:

—Pepo, vine, tio!

Quan el Jonàs va tornar al menjador encara anava a peu coix. Darrere seu va aparèixer el Pep.

—Hola, Segas.

—Hòstia, quina cara que fas. Ni que se t'hagués mort el canari, nen!

—El canari no, però el meu avi sí.

—No fotis!

D'una revolada el Sègol va agafar el comandament a distància i va apagar la tele. El Jonàs, que no entenia la urgència amb què havia actuat el seu germanastre, va protestar immediatament.

—Au, Jonàs, no emprenyis, que el Pep i jo hem de parlar. Mira, si vas a jugar a la teva habitació i et portes bé, després anirem a prendre'ns una orxata, d'acord?

El Jonàs va marxar arrossegant els peus; no se'l veia gaire convençut. Mentrestant, el Sègol va anar a la cuina i va tornar amb dues cerveses. N'hi va donar una al Pep i després es va escarxofar al sofà.

—Explica-m'ho, com ha anat això?

—Ahir, quan vaig arribar a casa estava de bastant mala llet. Allò de l'exposició m'havia deixat amb mal cos. Em vaig tancar a l'habitació i vaig estar llegint fins a altes hores. També tenia la música posada, i per això no sentia res. Però més tard, quan ja havia apagat el llum i estava mig adormit, vaig adonar-me que la tele seguia engegada. «El iaio s'ha clapat i els pares l'han deixat aparcat a la butaca», vaig pensar. Aleshores em vaig aixecar per anar a pixar. Així, de passada, apagaria la tele i li diria a l'avi que anés a dormir. Hòstia, Segas, tu no saps què és trobar-te el teu avi amb la cara grisa! Jo no havia estat mai sol en una habitació amb una persona morta. És una sensació estranyíssima! Era ell, era el iaio, és clar que sí, però semblava algú altre. Un mica com aquelles pel·lis de mutants que es fan passar per algú altre. M'hi vaig apropar i li vaig tocar una mà. Encara no estava gaire freda, però li vaig prémer i ell no va reaccionar. Vaig pensar que aquella mà ja no es mouria mai més i aleshores em vaig marejar.

El Pep va callar un moment. Va beure un trago molt llarg de cervesa i després es va quedar mirant el buit. El Sègol observava el seu amic i va notar un pes a l'estómac quan va veure que unes llàgrimes grosses lliscaven galtes avall del Pep.

—Hosti, tio, em sap greu.

I aleshores el Pep va riure, sense ganes.

—Ja ho sé, que era una mica capullo, però era el meu iaio. L'únic que em quedava.

Tots dos van callar una estona i del menjador estant van sentir com el Jonàs parlava sol mentre jugava i, de tant en tant, cantava trossets d'un cançó.

—I de què s'ha mort? —va dir el Sègol al cap d'una estona.

—És una mica complicat, el tio tenia no sé quants *bypass*. Em sembla que tenia el cor fet caldo. Alguna cosa s'ha rebentat per dintre; almenys això és el que m'ha explicat el meu pare... I després, la moguda que hi va haver, va ser acollonant. Vaig córrer a despertar els meus pares. A la meva mare li va agafar com una mena d'histèria i només feia que dir: «Ai, ai, Déu meu.» I així, tota l'estona. I el meu pare que li deia: «Mama, no perdem els nervis, que no serveix per res.» Pots comptar, pobre home, ell anava més venut que ella. Hòstia, era el seu pare que s'acabava de morir, saps què et vull dir? Va venir una ambulància, primer no se'l volien emportar, i a l'últim sí que se'l van endur. Uff, espantós!

—I quan serà l'enterrament?

El Pep va trigar un moment a contestar.

—És per això que he vingut a veure't.

—Com vols dir?

—Mira, potser és una parida, però és que em fa molta ràbia. El meu avi quan era jove vivia a la Barceloneta, treballava en alguna cosa del port. No sé ben bé què feia. El cas és que durant molts anys va ser soci d'una mena de club que es deia Peña Flamenca de la Barceloneta. Recordo que ens fotia un cap com un nano explicant-nos els saraus que muntaven amb la penya. Es veu que organitzaven concursos de *cante* i de guitarra, i també mamaven molt, *manzanilla* i *finos* i no sé quantes coses més...

El Sègol va alçar una mà, com per aturar-lo, i després li va preguntar:

—Pep, però què té a veure tot això amb la seva mort?

—Espera't, no siguis impacient. Resulta que l'únic que li quedava d'aquella època de glòria era una col·lecció de cassets de flamenc que guardava a la seva habitació. Últimament ja no ho feia tant, però uns anys enrere hi havia molts diumenges que es passava tot el matí tancat allí, escoltant música flamenca amb un aparell de l'any de la polca. Més d'una vegada la meva mare havia entrat a l'habitació, com si fos dels GEO, i li havia fet apagar la música. Vinga, ara ve la part important! T'ho explico: el meu avi havia dit mil vegades que, quan es morís, el que li faria més il·lusió de tot és que algú li posés una cançó, no, un *cante*, n'hi deia ell, que tenia en una d'aquestes cassets.

—I saps quin era exactament? —va preguntar el Sègol.

El Pep no va contestar, però va treure's una casset de la butxaca de darrere dels texans i l'hi va allargar al Sègol. Aquest se la va mirar en silenci, del dret i del revés: a la tapa hi havia unes lletres que deien PORRINA DE BADAJOZ, i a sota, la foto d'una guitarra, i més avall, el retrat d'un home molt clenxinat amb els cabells enrere i unes ulleres de sol de muntura molt grossa.

—Que era cec, aquest tio? —va preguntar el Sègol.

—Jo què sé... però, veus?, la música que volia el meu iaio és la segona de la primera cara. És una petenera que es diu «*Si te la encuentras por ahí*».

I aleshores el Sègol li va dir que ja ho tenien tot resolt, que si sabien quina era la música i havien trobat la casset, ara l'únic que havien de fer era posar-la al funeral del seu avi. Però el Pep li va explicar que aquest era justament el problema: els seus pares s'hi negaven en rodó; sobretot la seva mare, que deia que de cap de les maneres.

—Saps què va dir la meva mare? Que si posàvem aquesta música tota la gent que hi hauria al funeral pensaria que érem una família d'horteres.

Llavors el Sègol el va tallar:

—Quan serà el funeral?

—Demà a les onze, al tanatori de les Corts, per què ho preguntes?

El Sègol se'l va quedar mirant fixament; semblava que calculés alguna cosa. I després, quan va parlar ho va fer a poc a poquet i en veu baixa:

—Pep, a veure si tens collons de complir l'última voluntat del teu avi.

—Hòstia, Segas, a tu et sembla que aquest és moment per apostes?

—Això no és ben bé una aposta, tio. Es tracta de tenir el teu avi content.

—Content? Però si és mort, imbècil!

Tots dos van callar durant uns quants minuts. El Pep va escurar l'ampolla de cervesa i el Sègol va oferir-n'hi una altra. La resposta va ser un no amb el cap. Entretant va aparèixer el Jonàs per saber si ja era hora d'anar a l'orxateria.

—D'aquí a molt poquet. Au, maco, vés a jugar una mica més.

I aleshores el Sègol va donar un cop a la cama del Pep amb el peu.

—No siguis acoquinat, Pep. Si ho fas, estic disposat a venir i donar-te un cop de mà. Mira, si vols jo portaré el lloro. Prendré aquell tan gros que va amb piles i que té *mega-bass*. Sona acollonant. Ja veuràs com es quedarà la penya. Estic segur que el teu avi fliparà.

El Pep no va dir res; la mirada se li havia tornat a perdre en el buit. I en sec, va fer un gest d'afirmació amb el cap. Però després va preguntar:

—I el Jonàs?

—No et preocupis, ell és molt bon nen i se sabrà comportar.

15

Quan el Sègol i el Jonàs van arribar al tanatori de les Corts ja passaven quinze minuts de les onze. El Sègol havia calculat malament: la parada del metro quedava lluny del tanatori, es van mig perdre pel camí i, a més a més, la bossa que contenia l'aparell de música pesava molt i el Jonàs era incapaç de caminar tant de pressa com ell.

Per a aquella ocasió, el Sègol s'havia pentinat i duia els cabells ben recollits en una cua de cavall; s'havia posat una samarreta negra (aquest cop sense cap dibuixet ni inscripció) i els pantalons no tenien cap forat ni pedaç. El Jonàs també feia molt de goig.

—On anirem avui? —havia preguntat el Jonàs quan el Sègol l'estava vestint amb més atenció que de costum.

—L'avi del Pep s'ha mort, i el Pep em va demanar que anéssim al seu funeral, que és com una cosa que fan amb tota la família i on s'ha d'estar molt seriós i sense fer el burro. Oi que et portaràs bé, Jonàs?

El Jonàs li havia promès que sí, però volia saber si després podrien anar a jugar a un parc especial, amb tobogans alts.

Un cop a dins de l'edifici del tanatori, el Sègol va intentar orientar-se ràpidament, però no tenia ni idea d'on podia ser la família del Sègol. Per sort el Pep li havia donat el nom i cognom del seu avi i el Sègol ho va preguntar a un encarregat que feia cara circumspecta: era l'expressió dels qui treballen quotidianament amb la mort.

La sala era al segon pis i quan el Sègol i el Jonàs van entrar-hi, molts dels assistents es van girar sense entendre què hi feia aquell noi pèl-roig i aquell nen en el seu funeral. Al cap d'un moment, algú, que segurament era un familiar, va dirigir una mirada interrogativa al Sègol i aquest va repetir les senyes de l'avi del Pep, com si passés una consigna. L'altre va assentir, tot i que continuava amb un cert posat de desconfiança.

—La virtut del nostre germà... del nostre germà Santiago era la seva gran senzillesa. I és en aquesta manifestació de senzillesa que brilla el cor dels homes justos, justos i honrats, com en Santiago que acomiadem avui...

Per la manera de parlar i pels dubtes i hesitacions en la veu del capellà era claríssim que portava posat el pilot automàtic. Més d'un cop es va equivocar en el nom del l'avi del Pep i hi havia moments en què el sermonet es quedava encallat. El Jonàs s'havia assegut a la banda del passadís central i s'ho mirava tot amb molta curiositat. En un moment donat, va estirar la màniga del Sègol i li va preguntar en veu baixa:

—Què hi ha en aquella caixa?

El Sègol es va portar l'índex als llavis i tot seguit va fer un gest com per dir-li que més tard l'hi explicaria bé. El Pep era al davant de tot i, ara que ja havia detectat la presència del seu amic, només feia que girar-se cada dos per tres. I just en el moment en què el capellà donava senyals d'arribar al final de la seva intervenció, el Pep va indicar al Sègol que s'apropés fins a on era ell.

—Jonàs, sobretot, no et moguis, que jo tornaré ara mateix, em sents?

El Jonàs va fer que sí amb el cap. Aquest era el punt crític de la feina del Sègol: havia d'anar fins a primera fila amb aquella bossa grossa i pesada a la mà, enmig d'un grup de gent que no coneixia de res i, damunt, ho havia de fer amb la màxima discreció. A mesura que avançava, notava com tots aquells parells d'ulls es desviaven cap a ell i el repassaven de cap a peus. «No t'aturis, nen, per res del món», anava pensant. Mentrestant, el Pep ja s'havia situat a la banda del passadís, i quan va tenir el seu amic a tocar li va fer lloc al seu costat.

—Has preparat la cinta en el punt exacte? —va preguntar el Pep amb un xiuxiueig.

El Sègol va fer que sí, i immediatament va recular fins a tornar a ser amb el Jonàs. Arribat aquest moment, els esdeveniments del funeral avançaven en línies paral·leles: d'una banda, s'anava seguint el protocol habitual, i de l'altra, es produïen una sèrie d'accions més o menys misterioses el significat de les quals ningú no arribava a copsar. I en sec, armat amb el toca-cassets Sony, el Pep va saltar al «*ruedo*». Es movia amb passa continguda i, ple de decòrum, va situar-se davant de la caixa mortuòria. La resta d'assistents s'havia quedat paralitzada: aquella aparició confirmava que allò ja anava més enllà d'una cerimònia convencional. Però encara no sabien què era exactament allò que els esperava. Abans de parlar, el Pep, visiblement nerviós, va tossir un parell de cops, i després va engegar:

—És probable que molts de vostès ignorin que el meu avi Santiago, quan era jove, fou un gran aficionat al flamenc.

Els pares del Pep contemplaven horroritzats l'escena i la seva mare havia iniciat una sèrie de gestos, teòricament discrets, per tal que el seu fill aturés el que estava fent i retornés al seu lloc.

—Ell sempre m'explicava amb gran orgull que va ser un dels primers socis de La Peña flamenca de la Barceloneta. I per això, avui, m'he permès la sorpresa de rendir-li aquest petit homenatge —i en aquest punt el Pep va canviar de registre i va agafar un to més íntim i de conversa—: Iaio, jo sé que tu sempre havies dit que no volies un funeral sense una *petenera*. I per això, aquí em tens, amb una *petenera* de Porrina de Badajoz, un dels teus herois del *cante*. Escolteu, si us plau, amb respecte i admiració, aquesta música que era la música que agradava al meu avi Santiago. Un home senzill, sí, però senzill amb bon gust.

A continuació, el Pep es va ajupir i va prémer el botó *play*. No se sentia ni una mosca a la sala del tanatori fins que la guitarra, tan flamenca, de Justo de Badajoz, va arrencar amb uns acords arpegiats. I després de la introducció, va arribar la veu de Porrina. Era una d'aquelles veus fines, d'altres temps; una veu expressiva i elegant, però, al mateix temps, plena d'una Espanya trista i de gana.

Tú, mensojero de Dios, si te la encuentras por ahí,
dile que yo me conformo con que se acuerde de mí
cada día un momento.

La petenera se ha muerto, ya la llevan a enterrar
y no caben por las calles la gente que va detrás.
La petenera se ha muerto, ya la llevan a enterrar.

El Pep va aguantar allí, ben dret i valent, mentre la veu de Porrina de Badajoz s'escampava per tota la sala. Però al final, el Sègol va adonar-se que el seu amic estava plorant. «T'ho has fet, Pepo, t'ho has fet», va pensar.

I després d'allò, van acabar el funeral com van poder. La intromissió atrevida del Pep els va deixar a tots destarotats; i ara era qüestió de fer veure que no havia passat res i que les coses havien anat tal com estava previst. Però així i tot, abundaven les mirades enverinades que es dirigien cap al Sègol; com si ell hagués estat el màxim responsable pel sol fet d'haver proporcionat el material al seu amic.

El Sègol es va haver d'esperar molta estona davant del tanatori; la gent sortia sense pressa i el Jonàs no parava de preguntar quan anirien al parc especial després d'allò que havia estat «tan avorrit».

I a l'últim van veure aparèixer el Pep. El Sègol se li va atansar i el va abraçar ben fort. «T'ho has fet de puta mare, nen!», li va dir a cau d'orella. I després, va deixar anar un comentari com si estiguessin a la terrassa d'un bar prenent-se un còctel:

—Per cert, em sembla que hauries de ser tu i no jo qui es presentés a les proves de l'Institut del Teatre.

16

És curiós com tantes i tantes vegades a la vida les coses s'esdevenen per carambola. Per exemple, si durant tot el temps que l'Anne-Marie va ser fora, l'Adrià i el Sègol s'haguessin preocupat més de netejar el pis a fons, d'airejar-lo bé i de conservar el rebost ple, és gairebé segur que el Sègol no hauria conegut mai la Lupe. Així, doncs, podríem afirmar que la inèpcia d'ells va ser el catalitzador d'aquell encontre.

L'Anne-Marie va arribar pocs dies després del funeral de l'avi del Pep. L'Adrià i el Jonàs l'havien anat a buscar a l'aeroport amb la camioneta. El Sègol s'havia ofert a acompanyar-los, però el Jonàs va insistir que hi volia anar ell sol «amb el papa». A mig matí, quan el Sègol va sentir el sorollet de la clau al pany va afanyar-se a apagar la tele i sortir a rebre'ls. El primer que va parlar va ser el Jonàs.

—Mira què m'ha dut la mama! —va dir triomfal mentre li mostrava uns esclops de fusta pintats de color vermell—. I són de debò, eh?

Aleshores l'Anne-Marie va abraçar el Sègol; va ser una abraçada llarga i silenciosa. Al cap d'una mica ja estaven tots ben instal·lats i ella seia al sofà amb el Jonàs a la falda. En aquell moment, el Sègol va adonar-se que era de retop que ell estava content de tornar a tenir l'Anne-

Marie a casa; la seva alegria era producte de veure la felicitat total que radiava la cara del Jonàs. Aquest reia i, de tant en tant, enviava una mirada de complicitat al Sègol, una mirada que deia: «Però que no veus qui ha arribat?»

—Adrià, maco, porta'm alguna cosa per beure, que estic morta de set —va dir l'Anne-Marie al cap d'una mica—. Ostres, havia oblidat la calor espantosa que fa a l'estiu a Barcelona.

—Oh, esclar, allà, al nord, us tenen mal acostumats —va dir l'Adrià, que havia tornat de la cuina amb uns gots i una Xibeca.

El Sègol va tocar el genoll de l'Anne-Marie i li va preguntar:

—Ei, com està l'Oma?

Ella va trigar un moment a contestar. Abans de ferho, va prendre la mà del Sègol.

—Està, Sègol, està...

En aquell instant ell va caçar al vol un gest del seu pare que semblava voler-lo dissuadir d'aquell tema, però ja era massa tard.

—Saps què passa? La gent vella s'espatlla. Se'ls fa malbé tot i arriba un moment que ja no hi ha peces de recanvi —l'Anne-Marie ho deia com si expliqués un conte—. Però no els podem llençar com si fossin una nevera vella o unes sabates trencades. Almenys, encara no... I què fem, en canvi? Els guardem a la caixa de les joguines espatllades, que ara se'n diuen residències...

—Annie! Vols dir que ara és el moment de parlar d'això? —va interrompre l'Adrià.

I ella li va somriure.

—Tens tota la raó del món. He fet allò que dieu en català: arribar i moldre. Au, vaig a desfer l'equipatge i després ja xerrarem.

Entretant, el Jonàs s'havia tret les sandàlies i s'havia posat els esclops vermells. A continuació, es va dedicar a passejar per tot el pis, amunt i avall. Estava molt orgullós del clac-clac dels esclops damunt les rajoles i, de tant en tant, saltava per fer més soroll. El Sègol s'havia refugiat a la seva habitació i llegia ajagut al llit. Però aquella calma no va durar gaire. A la segona vegada que el Sègol va sentir l'Anne-Marie cridar el seu nom es va aixecar per veure què volia.

—Guapo, ja veig que heu fet el suprem esforç d'ordenar una mica el pis, però això d'obrir bé les finestres es veu que no us agrada. Que no teníeu calor?

Eren a la cuina i el Sègol es va limitar a un encongiment d'espatlles.

—Aquesta pesta de tancat és per culpa dels Ducados del pare, ja ho saps —va dir ell com a defensa.

—Fes-me un favor, Sègol, vés a comprar unes barretes d'encens i així ens traurem *aquest* pudor de sobre.

—Aquesta pudor.

—Eh?

—Es diu aquesta pudor.

—Molt bé, doncs aquesta pudor. I de passada podries comprar un paquet d'arròs integral i unes galetes de sèsam, que al Jonàs li agraden molt.

A continuació ella li va explicar a quina botiga ho podia trobar, tot allò.

—Es diu Arguments Biològics i és al carrer de les Flors, a l'altra banda de la Ronda, saps on vull dir?

—Sí, esclar, però de veritat que la botiga es diu així? Com a nom és una al·lucinada, no?

—Ai, com m'agrada tornar a ser aquí i veure que res no ha canviat! Sou igual d'adorables i insistents: l'un amb els esclops i l'altre amb les preguntes inútils.

El Sègol havia passat desenes de vegades pel carrer de les Flors, però mai no s'havia fixat en aquella botiga on l'enviava ara l'Anne-Marie. En canvi, sí que hi havia un establiment en aquell carrer que el fascinava. Quan era més petit, el Sègol s'hi aturava i es passava llargues estones mirant els aparadors. «*Efectos militares*», deia un cartell vell i fet malbé. Perquè el que venien allà era això: roba militar. El Sègol recordava la impressió que li feien aquells maniquins sense cap vestits de capità de l'exèrcit o de tinent de la Guàrdia Civil. A l'aparador també hi havia una col·lecció de medalles i distincions militars, i unes gran banderes d'Espanya. I aquells tricornis i les gorres de plat amb les insígnies i les cartutxeres i els escuts...

Però aquest cop no va ni arribar a la botiga de roba militar, perquè va descobrir que la casa de dietètica era més a la vora de la Ronda. Abans d'entrar-hi se la va mirar des del carrer: no devia fer gaire temps que hi era, tot es veia força nou i endreçat. Va somriure quan va veure el nom de la botiga, que estava escrit amb lletres sinuoses: «Arguments Biològics». Així, era veritat, l'Anne-Marie no li havia mentit. A les portes de vidre hi havia diversos anuncis i cartellets. Alguns anunciaven productes, i altres, activitats. «La menopausa: un procés natural o una malaltia de moda?», va llegir el Sègol. I enganxat a l'altra porta un paper que deia:

«Ofertes especials de pa de llinosa i de sègol.» «Veus que bé?, ja sóc a casa», va pensar el Sègol, i després va deixar anar una rialla.

Va empènyer la porta de vidre i immediatament va sentir una musiqueta de campanes. Va mirar enlaire i va detectar uns tubs metàl·lics de diferents llargades penjats del sostre. I juntament amb això es va adonar de l'olor particular que feia aquell lloc: era una barreja d'herbolari i de perfums orientals, típica de les paradetes hippioses que hi ha en alguns mercats de carrer. El taulell i tots els prestatges eren de fusta blanca de pi.

El Sègol es va quedar un moment palplantat, sense saber si preferia buscar tot sol el que havia de comprar o si era millor demanar ajuda. Aleshores va sentir una veu que li deia hola. Ell també va saludar i es va apropar a la persona que acabava de parlar. Era una dona que estava asseguda en una butaca de vímet i que tenia un llibre a la mà. La dona es va treure les ulleres i va deixar el llibre al costat de la caixa registradora.

—Què volies?

Ell se la va mirar un moment i, en sec, va clavar els ulls a terra. El primer que havia vist havien estat els cabells llargs i sense recollir, però després havia detectat alguna cosa en el rostre d'ella que l'havia desconcertat i li va fer apartar la mirada.

—Si em necessites, ja m'ho diràs, eh?

Ella va tornar al seu lloc i va agafar de nou el llibre que llegia. Mentrestant, el Sègol anava d'un prestatge a l'altre i no acabava de saber on trobar allò que buscava. Al cap d'una estona va apropar-se a ella i li va dir:

—Perdona'm, però és que m'han enviat... vull dir que necessito comprar arròs integral i com que n'hi ha de tantes classes, no sé quin escollir.

Ella va posar un dit entre les pàgines, com a punt de llibre i el va acompanyar a un dels prestatges.

—Quin arròs t'agrada més?

—No ho sé, no cal que sigui cap virgueria.

—Mira, aquest és de cultiu biològic i surt bé de preu. És d'una cooperativa del Delta.

—Ah, clar, biològic, com el nom de la botiga, ha, ha! —va dir el Sègol.

Però quan va veure que ella no li havia seguit la brometa li va saber greu haver-ho dit.

—Vols alguna cosa més?

Ara el Sègol ja s'atrevia a mirar-la a la cara, però tampoc no volia que es notés que mirava amb massa insistència.

—Sí, voldria encens.

—Quin perfum prefereixes?

«Quin perfum preferia? Hòstia, quina pregunta! Ni idea.»

—Quins hi ha?

La dona va somriure i li va enumerar una llarga llista d'encensos perfumats.

Ell es va decantar per un de sàndal; almenys allò li sonava un mica. Mentre ella li posava les coses en una bossa de paper, el Sègol aprofitava per mirar uns fullets que hi havia damunt del taulell. «Càpsules de vinagre de poma», «La importància de l'all: ara ja no és problema perquè te'l pots prendre en perles». Què eren totes aquelles històries? Quà punyeta devia ser allò de càpsules de vinagre?

Ella li va dir el preu i el Sègol li va allargar un bitllet de mil una mica rebregat que li havia donat l'Anne-Marie. I just quan ella li tornava el canvi, el Sègol va veure una targeteta amb rivets daurats que deia: «Envelleix bé amb ginseng», i a sota hi havia un dibuix d'una mena d'homenet que era una arrel de ginseng. D'aquestes targetes n'hi havia una pila al costat de la caixa registradora.

—Ginseng —va dir ell en veu alta.

—Diuen que és molt saludable. Que en prens, tu?

—No, jo, què va! Però és que m'ha fet gràcia perquè el meu pare tocava en un grup que es deia Ginseng.

La dona se'l va quedar mirant, muda, i després va preguntar:

—De debò?

—I tant. Però d'això ja fa mil anys.

Ella va riure.

—Sí, és veritat que aquest nom sona més aviat a altres èpoques.

—Eren una mena de postpsicodèlics, o com es digués aquell rotllo musical, però no ho feien malament. Per casa corren algunes gravacions i són divertides. El meu pare era el cantant, no t'ho perdis.

Ella se'l va tornar a mirar en silenci, i el Sègol, sense saber si allargar més la conversa o no, va dir:

—Bé, gràcies. Ja et diré què tal era l'arròs i i l'encens.

I aleshores ella va somriure i va afegir:

—L'encens no és per menjar, eh?

La que acabava de dir això era la Lupe.

17

Per què va ser que durant aquell dia el Sègol va pensar més d'un cop en aquella dona que l'havia despatxat a la botiga del carrer de les Flors? Potser perquè recordava els cabells negres i llargs de la Lupe? No, l'admiració per aquella cabellera espesa que semblava gairebé japonesa no vindria fins més tard. Va ser per una certa parsimònia que havia demostrat la Lupe quan ell era a la botiga? Possiblement, però no ben bé o no solament per això.

No, el que inquietava el Sègol era justament allò que li havia fet apartar la vista en el primer moment. El llavi superior de la Lupe mostrava com una canal una mica lluenta que li pujava fins al nas i li deixava la part de dalt de la boca arromangada i lleugerament torta: aquelles eren les seqüeles d'un llavi leporí no gaire ben operat. El seu cas no era gens extrem, però aquella imperfecció donava una expressió particular al seu rostre. En aquella cara hi havia un no sé què de desvalgut i trist alhora.

I ara, mentre repassava aquell breu contacte amb aquella dona, el Sègol feia un esforç per recordar de manera precisa com era la boca d'ella, i sentia el neguit de pensar que potser s'havia equivocat i que tot allò era molt menys visible del que s'imaginava. La sensació predominant, però, era que aquells llavis estaven sempre humits; gairebé com si tinguessin una ferida oberta.

L'endemà hi va haver una altra carambola. Era dissabte i quan l'Anne-Marie va preguntar al Sègol on havia posat les galetes de sèsam, ell va haver de confessar que s'havia descuidat de comprar-les.

—Sègol, tampoc no era tan difícil. Només et vaig encarregar tres cosetes.

—Em bec el cafè i ara mateix vaig a buscar-les.

L'Anne-Marie es va quedar parada davant de tanta diligència: aquella no era la reacció habitual del Sègol.

—Deixa-ho estar, guapo, no ve d'aquí. Ja ens apanyarem amb les galetes Maria que va comprar l'Adrià.

Però el Sègol va dir que de cap manera. Aquest cop va trigar molt menys entre el seu pis i la botiga del carrer de les Flors. No hi va anar corrent, però quasi. Quan ja era davant del cartellet de la menopausa, va respirar fondo i a continuació va empènyer la porta de vidre. A més a més de les campanetes, aquesta vegada va sentir una altra música. Venia d'algun punt indeterminat de la botiga i el Sègol la va identificar com a música clàssica. Era un quartet de corda de Schubert, però ell no filava tan prim.

A dins de la botiga va trobar la primera contrarietat: la Lupe estava atenent una dona gran. Aleshores, ell va fer veure que buscava algun producte concret entre els prestatges.

—Això s'ho prepara com una tisana i s'ho beu abans d'anar a dormir, ja veurà com notarà una millora —explicava la Lupe.

I el Sègol escoltava amb impaciència. A l'últim, quan va sentir les campanetes de la porta, senyal que la dona ja marxava, ell va sortir del seu amagatall.

—Ah, mira, ja tornes a ser aquí!

El Sègol no s'esperava aquesta rebuda i per un instant no va saber què respondre.

—És que ahir em vaig deixar unes galetes.

—Doncs jo no recordo que compressis res més.

—No, vull dir que em vaig descuidar de comprar-les.

Llavors, la Lupe va fer aquell gest d'ham que se sol fer amb l'índex, per atreure algú, i se'l va endur cap a on eren les galetes. Mentrestant, el Sègol va aprofitar per mirar-se-la bé. Aquell matí ella duia uns pantalons blancs i amples i una brusa lila de tirants, d'aquelles que porten uns brodats amb fil lluent a la part del davant. «Rotllo indi», va pensar ell. Per costum, els ulls del Sègol es van clavar en el cul de la Lupe. «Està una mica foca», va comentar per a ell mateix i sense amargor.

La compra de les galetes no va donar gaire de si; a fi de comptes, era una transacció senzilleta. Per això, quan el Sègol estava a punt de pagar (potser l'havia inspirat la clienta d'abans) va sortir amb aquesta pregunta:

—Escolta'm, tens alguna cosa, vull dir alguna infusió o així, que vagi bé per beure després de dinar?

La Lupe va somriure i just en aquell moment el Sègol va pensar que allò del llavi no era exactament com ell ho recordava.

—Hi ha una cosa que va molt bé per després de dinar, però que jo no la venc.

—Quina cosa?

—Cafè.

Tots dos van riure i aleshores ell va insistir i va dir que era de veres que volia un infusió.

—Mira, et posaré una mica d'anís, però te'n dono poc perquè el tastis. Potser no t'agradarà, vés a saber. Au, cinquanta grams i en tens prou i de sobres.

La Lupe li va vendre l'anís amb poc convenciment; era com si ella ja s'olorés que tan bon punt el Sègol seria al carrer ho llençaria a la brossa.

—Què, et va agradar, l'encens?

—Sí, molt, però em va costar una mica de pair.

Ella va somriure de nou sense dir res. Quan el Sègol ja era a la porta, es va aturar un moment i va dir:

—T'agrada aquesta música que sona?

—No, per això la poso.

Es van dir adéu i ell va sortir de la botiga. Va ser a l'altura de la plaça Folch i Torres que el Sègol va treure's la bosseta d'anís de la butxaca. Va desfer el nus i va ensumar aquella olor dolça que li va semblar per a malalts. «Eeecs!», va dir, i tres passes més enllà va buidar el contingut de la bosseta en una paperera, com si fos una pluja d'anís.

18

El més sorprenent del cas és que en aquelles dues primeres ocasions en què el Sègol va parlar amb la Lupe, en cap moment no li va passar pel cap que ella pogués ser l'instrument que li permetria guanyar l'aposta del Pep. O almenys no ho va saber d'una manera conscient. És clar que ell s'havia adonat que la Lupe era molt més gran que ell, però el pensament no havia fet el salt necessari per unir les dues idees.

No va ser fins a la tercera vegada —aquest cop l'encontre va ser totalment fortuït— i en part gràcies a l'intervenció, també casual, de la Rosa Pomar.

Havia passat una setmana des de l'últim cop que el Sègol havia anat a Arguments Biològics. Una setmana d'estiu que no havia estat gaire gloriosa. S'havien vist sovint amb el Pep. Un vespre havien anat amb una colla d'amics a unes festes de barri en què tocava un grup horrorós. El Pep es va entrompar i el Sègol va tenir la mala sort de topar cara a cara amb l'Estela i ella el va ignorar del tot. El dijous havia acompanyat el seu pare a un bolo que feien a Vic. Va ser llarg, avorrit i cansat. I a més, el Sègol es va posar de mala llet perquè el cantant, que segons ell era «un cretí de collons», havia esbroncat el seu pare i li havia dit que no sabia fer la seva feina. «I tu, pare, per què no l'engegues a la merda?», li havia dit després a la camioneta. Però l'Adrià havia rigut, entre pipada i pipada de Ducados i li havia contestat, amb to filosòfic: «Perquè si ho fes, no sé pas què menjaríem.»

I el matí del diumenge, com per treure's el mal gust de boca d'aquells últims dies, va anar al mercat de Sant Antoni, a remenar llibres vells. Com que tenia poca pela i li agradava llegir, aquell era un lloc ideal per aprovisionar-se.

—I per què no vas a la biblioteca? —li suggeria l'Anne-Marie, que tenia aquesta concepció més europea de les biblioteques com a llocs vius: la font primordial de lectura.

—No ho sé, em dóna mal rotllo. Les bibliotecàries sempre et fan callar —deia ell.

Aquell matí, amb mil peles a la butxaca se sentia com un rei. A ell li agradava tot aquell mullader de gent i de tios bojos que buscaven llibres introbables i que sovint portaven ulleres de miop i fumaven purets pudents. Fins i tot no el molestava que els venedors fossin una mica antipàtics; tot allò formava part d'aquell ambient especial que era el mercat de Sant Antoni. Ara, com que era el mes de juliol, ja no hi havia tanta gent i era més fàcil anar de parada en parada; molts ja eren de vacances. Per això, a quarts d'una i després de dues voltes senceres al mercat, el Sègol va considerar que ja en tenia prou. Estava acalorat i va voler anar a prendre's una cervesa. Al cap d'una mica, instal·lat a la terrassa del bar Amigó, es disposava a inspeccionar allò que havia comprat.

No havien passat ni vint minuts quan va sentir una veu que li deia:

—Hola, què hi fas, aquí?

Quan el Sègol va veure que era la Lupe va col·locar precipitadament les dues novel·les de detectius damunt d'un còmic de Manara, que era d'una tematica eròtica tirant a porno.

—Ei, hola. Tu també has vingut a comprar llibres al mercat?

La Lupe va fer que sí amb el cap i després, veient que ell no la convidava a la seva taula, va preguntar-li:

—Que et fa res, si sec aquí amb tu?

—No, no, perfecte. Vols prendre alguna cosa?

La Lupe va atreure l'atenció d'un cambrer i li va demanar un most.

—No beus alcohol? —va dir el Sègol.

—Home, no m'agrada gaire.

—És clar, amb aquella botiga...

—No, no té res a veure amb la botiga.

Aleshores la Lupe va agafar els dos llibres i el còmic del Sègol i els hi va fer una ullada. Quan ella fullejava el còmic de Manara, el Sègol va notar que s'estava ruboritzant.

—Aquest és una mica passat, però les històries estan bé...

—Sí, i, pel que veig, les ties també.

Ell va riure. Després, per sortir del pas, va agafar un volum molt gruixut que la Lupe havia deixat damunt la taula. Era un d'aquells llibres publicats feia més de quaranta anys, en una edició de luxe amb tapes de pell vermella i pàgines de paper de bíblia daurades pels cantells.

—Lajos Zilahy, *Obras Selectas*! Mil sis-centes setanta-tres pàgines, l'hòstia, no?

—Sí, home, però no és tot una única novel·la. A veure... sí, veus?, n'hi ha cinc.

—I te les llegiràs? Vull dir totes.

—Ja ho veurem; si m'agraden, sí.

—I si no, ho pots fer servir com a arma. Vull dir que un cop del totxo aquest faria molt de mal.

I a partir d'aquí es van anar obrint pas en aquesta tònica: feien broma i temptejaven un terreny comú en el qual es podrien sentir una mica més còmodes. Però en sec, algú es va aturar davant la taula d'ells i va dir:

—Hola, Sègol!

Ell va alçar els ulls i va veure la Rosa Pomar, que exhibia un somriure d'orella o orella.

—Ah, hola, Rosa.

Immediatament es va produir una repassada entre totes dues dones; més que una repassada, allò va ser un calibratge mutu.

—Veig que estàs molt ben acompanyat, Sègol. Que no ens presentes?

Hi va haver un instant de pànic. «Com li dic que no en tinc ni idea del nom d'aquesta tia?», va pensar el Sègol. Però la Lupe ho va solucionar per la via directa; es va aixecar de la cadira i, encaixant la mà de la Rosa, va dir:

—Hola, em dic Lupe.

—I jo, Rosa. Encantada, eh? —i després va afegir—: Bé, us deixo, que només entrava a comprar un paquet de tabac. Fins aviat, Sègol. Adéu, Lupe.

Ells van dir adéu i es van quedar un instant en silenci.

—Perdona'm, és que no sabia com et deies.

—Tranquil, ja em sé presentar jo soleta.

—És veritat que et dius Lupe?

Ella va beure un glop de most i el Sègol la va observar de cua d'ull. Mullat, el llavi de dalt semblava més vermell.

—Guadalupe, però tothom em diu Lupe. I tu? Com és que t'ha anomenat aquesta amiga teva?

—Sègol, com el pa d'oferta de la teva botiga.

—Ah, així ja ho havia entès bé.

Res, ni una brometa ni un comentari. I ell, que per costum ja s'ho esperava, es va quedar sorprès. La Lupe, en canvi, va col·locar una mà damunt del braç d'ell i no la va retirar fins al cap de quatre o cinc segons.

—Sègol. M'agrada, és un nom que fa per tu.

Va ser precisament en aquest moment i durant aquest curtíssim contacte físic que el Sègol va pensar en l'aposta. Però, de cop, l'objectiu de l'aposta s'havia distorsionat; era menys clar, potser amb noves ramificacions.

Perquè el Sègol encara no ho podia comprendre, però aquest trasbalsament era el resultat de la breu carícia de la Lupe. Perquè les mans d'ella eren grans, amb els nervis i els tendons ben marcats. Eren unes mans que parlaven d'una solidesa ben plantada, i potser també d'un dolor i d'una saviesa original. Quan les mans de la Lupe et tocaven, et transmetien una escalfor que sempre et deixava volent-ne més; i si per atzar —com li acabava d'ocórrer al Sègol— el contacte era fugaç, la part que havien acariciat les mans d'ella restava sensibilitzada i amb el nervi encès.

19

A partir d'aquesta presa de consciència, el Sègol va poder formular aquesta idea: «Si em lligo la Lupe, guanyaré l'aposta.» S'ha admetre que el raonament era una mica primitiu, però aquell era l'estil d'ell i del Pep. Ara bé, quan s'asseia a rumiar el què i el com, és a dir, l'estratègia que aplicaria, se sentia més aviat perdut. La sensació era bastant semblant a aquella que va tenir quan, als nou anys, el seu pare li va regalar una bicicleta que li anava massa gran: hi havia aquell moment inicial de pànic i aleshores saltava de terra i, amb perill d'encastar els genitals contra la barra, empenyia els pedals amb força fins que guanyava l'equilibri gràcies a l'embranzida.

Potser la Lupe també li anava gran.

Però de tot allò no en va dir res al Pep, un migdia que es prenien una cervesa al bar La Pubilla. Eren a les taules de fora i el Pep havia posat els peus damunt una de les cadires d'alumini. De tant en tant, arrossegava la cadira amunt i avall i allò produïa una mena de grinyol molt desagradable. Mentrestant, el Sègol cantussejava un tros d'un dels temes d'El bigote de Dalí, tot i que no li agradava especialment.

—Psst! Els dies van passant, eh? Com ho portes, això?

El Sègol es va mirar el seu amic i va somriure.

—No et procupis, tot controlat.

—Ah, sí?, no fotis! Va, explica-m'ho.

La resposta del Sègol va ser un gest de negació amb el cap.

—*Top secret.*

—Hòstia, tio, enrotlla't una miqueta. Almenys dóna'm alguna pista.

Però el Sègol va dir-li que de cap manera. Va assegurar al Pep que anava per bon camí, però que era millor no parlar-ne.

—Que potser t'has tornat supersticiós, Segas? O més aviat és un cas de boquilla, i el que passa de veritat és que ho tens supercru?

Tot i la insistència del Pep, el Sègol no va afluixar. I evidentment, tampoc no li va dir que aquell vespre mateix aniria a sopar a casa de la Lupe.

Des del dia en què s'havien trobat al mercat de Sant Antoni, el Sègol havia pensat a tornar a la botiga del carrer de les Flors i proposar-li... no sabia ben bé què. «La qüestió és anar-hi i després ja se m'acudirà alguna cosa», es deia el Sègol, que sempre acabava utilitzant la tàctica de la improvisació. Perquè el que li costava de debò era l'embranzida inicial.

Finalment, a la vigília s'havia armat de coratge i havia anat a Arguments Biològics. A l'últim minut abans de sortir de casa havia preguntat al Jonàs (tampoc no sabia per quina raó) si el volia acompanyar, i el seu germanastre havia dit que sí. Immediatament es va adonar que el Jonàs li faria més nosa que servei, però ja era massa tard.

—Voldràs que et compri galetes de sèsam? —va preguntar-li el Sègol pel camí, tot buscant alguna excusa.

—No, no m'agraden.

—Doncs la mama diu que sí.

—No, a mi m'agraden més les Príncipe amb xocolata.

Quan la Lupe els va veure entrar es va aixecar de seguida i els va rebre amb un somriure.

—Hola, Sègol. No em diguis que aquest és el teu fill!

—No fotis, que no tinc fills, jo.

—Bé, però podria ser-ho, oi?

El Jonàs no deia res, però es mirava la Lupe fixament. «Si fa algun comentari sobre el llavi d'ella, em moro», va pensar el Sègol i va intentar interessar el Jonàs en una panereta on hi havia diversos tipus de pega dolça.

—Tria la que vulguis i te la compraré.

Mentre el Jonàs remenava les capsetes de la panera, el Sègol va aprofitar per parlar amb la Lupe.

—L'altre dia vaig sentir un programa per la ràdio que era molt interessant.

—Ah, sí?

I a continuació el Sègol va deixar anar la bola que s'havia empescat, però que era clar que tampoc no havia assajat gaire bé: en aquest fictici programa de ràdio havien parlat de la cuina japonesa i, entre els plats que havien citat, al Sègol li havia despertat especialment la curiositat el fet que a la cuina japonesa s'utilitzessin algues marines.

—I la tia de la ràdio va dir que eren molt sanes i que portaven molt de fòsfor —va explicar el Sègol, mentre pensava que potser es notava d'una hora lluny que ell no havia sentit cap programa i que, a més, no en tenia ni puta idea, de la cuina japonesa.

—Va dir que aquí es poden trobar en botigues de règim i dietètiques... i jo m'he imaginat que potser a la teva botiga en vendries.

—Sí, i tant —va fer la Lupe, i després va afegir—: Recordes si en va esmentar alguna classe determinada?

—Ah... bé, sí, m'ho vaig apuntar, però he perdut el paperet. Eren un noms raríssims.

—Kombu? Wakame? Wasabi? Kuri Yokan?

—Exacte! Això mateix —va dir el Sègol, convençut.

Naturalment, ell no s'havia adonat de la trampa que li havia parat la Lupe: en el seu suggeriment, ella havia barrejat noms d'algues amb altres productes de la cuina japonesa.

—Sègol, em compres això?

El Sègol va mirar la capsa metàl·lica que el Jonàs li mostrava i va veure l'etiqueta que deia 300 pessetes. «D'aquesta, m'arruïno», va pensar.

—Està bé, però ara espera't una estona, eh? —i després, dirigint-se a la Lupe—: Així, doncs, quines algues et sembla que podria comprar?

Aleshores, la Lupe va fer un gest que més endavant el Sègol li veuria fer sovint: es va tapar els llavis amb la mà dreta i tot i així s'endevinava el somriure darrere.

—Sègol, saps què? Et proposo una cosa. Si vols, demà et convido a sopar a casa i et faré un sopar japonès en el que també hi inclouré algues. Així les podràs tastar i sabràs si t'agraden.

El Sègol es va quedar mut i, per una d'aquelles estranyes reaccions que ens agafen quan estem nerviosos, es va girar cap al Jonàs i li va dedicar un somriure.

—Què et sembla, et vindria de gust?

—Ostres, molt!

Van convenir l'hora i la Lupe li va donar la seva adreça i el número de telèfon. A continuació, al Sègol li va agafar una pressa estranya per sortir de la botiga. I anava tan encaparrat que, quan ja obria la porta, la Lupe el va haver de cridar:

—Ei, que no em pagues la pega dolça?

Atabalat, va tornar fins a la caixa registradora i li va donar els diners mentre s'excusava en excés.

—No et preocupis, si no, ja ho hauríem trobat un altre dia... Sègol?

Ell es va aturar en sec i va deixar anar la mà del Jonàs.

—Sí?

La Lupe va mirar un instant el Jonàs i després va desviar els ulls cap al Sègol:

—Vindràs sol?

I ell, incapaç de parlar, va assentir amb dos cops de cap. Va ser un gest d'una sinceritat absoluta.

20

Quan el tren va entrar a l'andana de Catalunya, el Sègol va observar la seva pròpia imatge reflectida a les portes de vidre. Havia dubtat sobre la indumentària, però a l'últim s'havia decidit per anar tal qual al sopar de la Lupe, amb el que duia posat. «Més val evitar les fantasmades», s'havia dit, com a argument de pes. Perquè el cert és que se sentia una mica fraudulent. Just quan ja sortia de casa, l'Anne-Marie li havia preguntat si soparia amb ells.

—No, m'ha convidat una amiga —havia contestat el Sègol, molt de passada.

—I qui és, si es pot saber? —va dir aleshores l'Anne-Marie.

—No la coneixes, és una tia de l'institut.

—Carai, quina sort! Que et vagi bé, doncs.

I més tard, de camí cap a la plaça Catalunya, el Sègol s'havia preguntat per què havia mentit a l'Anne-Marie. «Per què collons li he hagut de dir aquesta parida? Hauria estat molt més fàcil no explicar res i punt.» Més enllà, havia considerat la possibilitat de dur alguna cosa, un regalet, per a la Lupe. Però no sabia què. Flors, ni de conya. Una ampolla de vi, probablement no combinava amb un sopar japonès i, a més, tampoc no volia donar la imatge que es delia per la mamància. I així, ara, dalt del tren, es mirava les mans buides i seguia dubtant.

Va baixar a l'estació de Pàdua i va trigar un instant a orientar-se. La Lupe vivia a la cantonada de Pàdua amb Saragossa. «A sota de casa hi ha una barberia d'aquelles de tota la vida, més aviat trista», li havia indicat ella, com a guia. L'edifici de la Lupe era antic i al costat dret de la porta hi havia tres timbres; res de porter electrònic. El Sègol va pitjar el tercer i va esperar. Bumbum, el cor; les mans, suades.

—Hola, Sègol, quina il·lusió que hagis vingut!

Ell es va limitar a somriure i a dir hola. Això de la il·lusió i tal, ell no ho sabia dir, li hauria costat massa. Van pujar a peu fins al tercer pis i, quan ja eren al replà, la Lupe va fer un gest amb la mà per tal que el Sègol passés al davant. El primer que va notar va ser l'olor del pis: era un suau perfum d'encens. El pis consistia bàsicament en un únic espai més llarg que ample, amb un queixal que era el lavabo i una mampara de fusta i roba que separava el racó de la cuina. El Sègol va mirar al seu voltant i es va quedar sorprès de la quantitat de llibres que hi havia: dos panys de paret estaven coberts per dues pretatgeries altes i atapeïdes de llibres.

—Ho has trobat fàcilment?

—Sí, molt. Carrer Pàdua, tot recte i la barberia, no hi havia manera de perdre's.

Aleshores la Lupe va desparèixer un instant darrere la mampara i quan va sortir duia dos gotets a la mà.

—Té, beu, t'agradarà —va dir alhora que li oferia un gotet al Sègol.

Quan ell el va agafar es va adonar que estava calent. Era un líquid transparent i lleugerament perfumat. Al primer glop va notar l'escalforeta que li baixava avall.

—És sake, licor d'arròs.

—Boníssim.

«Val, el rotllo és la pel·li japonesa. *Sayonara* i quimono», va pensar el Sègol, amb el gotet a la mà. Ja a la porteria s'havia fixat en la vestimenta de la Lupe i s'havia quedat parat. Una cosa era un sopar japonès i l'altra un ball de disfresses. Perquè era cert que la Lupe ho havia ambientat tot i «s'havia» ambientat a la japonesa: duia un quimono gris amb una cinta negra de seda que resseguia el coll. Ara mateix, una música de sonoritats molt orientals sonava pel pis.

—És una flauta de bambú, instrument tradicional del Japó.

El Sègol s'havia assegut en un sofà baix amb el got buit encara a la mà.

—I com és que saps tantes coses del Japó, t'agrada molt o què?

—Sí, em porta records. Records bons i dolents: vaig viure tres anys a Tòquio.

—No fotis! Que fort, no?

—Interessant. Són tan diferents de nosaltres!

Allò que van menjar per sopar va ser molt més bo del que s'havia imaginat el Sègol; ell temia una repetició de l'àpat pakistanès, però a la japonesa. És veritat que hi va haver gustos que el van sorprendre, com aquella mena de mostassa verda que picava un colló o la sopa marronosa i de mala pinta, però de gust suau, i la sorpresa del peix cru (una tonyina molt fresca, d'un vermell de sang que semblava que acabés de tenir un accident de carretera), i aquell arròs compacte que s'embolicava amb algues...

Durant l'àpat no van parlar gaire. La Lupe feia anar els bastonets amb una habilitat sorprenent; fins i tot era capaç d'agafar bocinets de peix, sucar-los a la salsa i posar-se'ls a la boca amb una elegància extrema. En canvi, el Sègol, que havia acceptat els bastonets per no ser menys, s'ho passava fatal: el menjar li queia a mig camí o, si no, acabava agafant-ne uns trossos immensos que li omplien la boca de la manera més barroera. I mentrestant, ell no deixava de pensar: «Com és que calla tant? De què podríem parlar, quin tema trec? Merda, m'ha tornat a caure...»

En acabat, la Lupe li va servir un altre gotet de sake i després van abandonar la taula. Tots dos es van instal·lar al sofà baix. Entretant, ella ja havia canviat la música, i el Sègol va identificar la nova música com a música «de violins», tot i que en realitat era un quartet de corda de Borodin. I en sec, quan la Lupe va inclinar-se endavant per deixar el got a terra, el Sègol va veure com el quimono es descordava una mica i les solapes entreobertes revelaven que la Lupe no duia res a sota. Ell es va empassar la saliva i li va semblar que feia un soroll espantós.

—Encara es dedica a la música, el teu pare?

—No. Vull dir que ja no toca. Ara és tècnic de so. A l'estiu té molts bolos, és una mica rotllo.

Silenci. Silenci i el Sègol desesperat per trobar un tema de conversa.

—És una passada la quantitat de llibres que tens, et deu agradar molt llegir, no?

—Sí, i tant. És la meva flaca.

I aleshores, la Lupe va allargar el braç i va prendre un llibre prim que hi havia en una tauleta al costat del sofà.

—Veus?, aquest me l'he comprat avui mateix. És de Mario Benedetti. L'he escollit pel títol: *La vida, ese paréntesis*. Bé, i perquè era de Benedetti.

—Sí, el títol és xulo.

—A tu t'agrada la poesia?

—La poesia? Home, depèn... però sí, en principi sí.

La Lupe s'havia posat a fullejar el llibre de Benedetti i ho feia sense pressa, gairebé com si estigués sola a casa. Mentrestant el Sègol mirava al seu voltant i veia plantes pertot arreu. Al costat de la finestra hi havia un ficus enorme amb unes fulles que semblaven de goma lluent. «Ella i l'Anne-Marie s'entendrien», va pensar ell.

—Fixa't, Sègol, escolta aquest poema —va dir la Lupe, i se'l va mirar com per captar bé la seva atenció abans de començar la lectura—: Es titula «Mass media», i diu: «*De los medios de comunicación / en este mundo tan codificado / con internet y otras navegaciones / yo sigo prefiriendo / el viejo beso artesanal / que desde siempre comunica tanto.*» Què et sembla?

—Està molt bé. És veritat que...

—Que què?

«Jo què sé, jo què sé què és veritat! Però alguna cosa he de dir, no? Alguna cosa que soni mínimament intel·ligent, no? O què faig, em quedo aquí com un imbècil sense dir res? A veure què passa? A esperar que plogui o que la tia em faci fora perquè s'està morint d'avorriment i ja no pot més?».

—No, el que volia dir és que Internet s'ha de saber fer servir. Hauries de veure els rotllos que la gent de l'institut es baixa per fer treballs. I el que és pitjor és que com que l'únic que han de fer és imprimir-ho, doncs, ho foten tot, tant si val la pena com si no. Si almenys ho haguessin de copiar! Llavors ja s'hi pensarien més. Hi ha algun profe amb una mica més de seny que els altres i ja ens ho diu: «Heu d'aprendre a ser selectius, a processar la informació, a escollir...» Però no et pensis que la penya ho entengui gaire, què va! A ells els va el rotllo de baixar-se pàgines i més pàgines.

«Hòstia, superbé, no?», va dir-se el Sègol.

—I de l'altra part del poema, què en penses?

—De l'altra? De quina?

—Això que diu Benedetti: *«yo sigo prefiriendo el viejo beso artesanal...»*

El Sègol no va respondre; tenia la vista clavada en el ficus. Almenys la planta no el posava contra les cordes. Però va arribar un moment en què va alçar els ulls i va mirar la Lupe. Ella somreia. I aleshores el Sègol es va sorprendre a si mateix: portat per un inexplicable desig, va allargar la mà dreta i amb l'índex va resseguir el llavi superior de la Lupe. Ella no es va apartar, només se li va esborrar el somriure del rostre. «Per què ho has fet, això, tio, estàs malalt, per què ho has fet?», es deia el Sègol i al mateix temps sabia que ja no podia tirar enrere.

—Et fa mal?

Abans de contestar, la Lupe va tancar els ulls un instant i després va dir:

—No, el llavi no em fa mal. El que sí que em fa mal són certes mirades, certs gestos, certs comentaris...

—Hòstia, perdona'm. No volia ser mal educat.

—No, Sègol, no ho deia per tu, precisament. Com a mínim tu tens la gosadia de mostrar la teva curiositat. No, els que detesto són el que ho fan a la callada.

—Tampoc es nota tant com això. Vull dir que no és gaire visible.

Ella se'l va mirar i li va enviar un somriure, com per agrair-li els esforços que feia ell per intentar-ho arreglar.

—No tinc cap foto de quan era petita, cap ni una. M'imagino la incomoditat o la tristesa que devien sentir els meus pares quan la gent m'espiava d'amagat.

—És de naixement, doncs?

—Sí, però el que ara veus és glòria comparat amb com ho tenia abans de l'operació. Aleshores sí que semblava una llebre de veritat. Amb els nens d'ara és molt diferent. A mi em van operar als onze anys i allò va ser just cosir-ho i avall, com qui diu. En canvi, avui dia els operen quan encara no han complert l'any; de vegades, als sis mesos. I després d'ajuntar-los el llavi els fan una operació d'estètica i els queda un llavi preciós, com a nou. I a mi me'l van deixar tort i arromangat, què més vols?

El Sègol se l'escoltava amb molta atenció i, al mateix temps, tenia por de fer el comentari equivocat.

—I si ara volguessis, et podries operar? Entén-me, no vull dir que et quedi malament, però em refereixo, si tu volguessis.

La Lupe va allargar la mà per acariciar el braç del Sègol.

—Que ets guapo! És clar que t'entenc. Durant anys aquesta va ser la meva única fal·lera: somiava operar-me i fer-me fer uns morros espatarrants, de *negrata bombona,* per entendre'ns. Però mentrestant anava passant el temps i jo aprenia, poc o molt, a tolerar la meva cara. Ja no em feia vergonya mirar la gent als ulls i si entrava en un ascensor públic no em girava de cara la paret. I un bon dia em vaig despertar, vaig agafar un mirallet de mà i em vaig mirar la boca. «A la merda, tots a la merda», vaig dir en veu alta, i després em vaig passar no sé quanta estona plorant. Per què plorava? No ho sé ben bé. Potser perquè estava contenta d'haver decidit que ja no m'operaria i perquè aquesta decisió m'alegrava i em feia pena alhora... Però també hi havia una altra cosa, en la meva elecció. M'aterria la idea de fer-me arreglar el llavi i que després, quan em mirés al mirall i veiés aquella boqueta petonera de Julia Roberts o del tipus vulgaret de la Sharon Stone, no m'agradés gens a mi mateixa. Què hauria fet aleshores? Perquè et puc assegurar que no hi ha cap tio de cirurgia plàstica al món a qui puguis demanar: «Escolti'm, que em podria tornar a deixar el llavi tort i arromangat? És que, sap?, preferia el d'abans.»

La Lupe va callar i va tancar els ulls. Feia l'efecte que tot allò que acabava d'explicar l'hagués deixada cansada o buida. El Sègol se la mirava i no deia res; encara tenia la sensació d'haver-la cagada introduint aquell tema.

—Lupe?

Ella només va obrir un ull i se'l va mirar. Ara somreia.

—Doncs jo et trobo molt guapa, amb el llavi tort i tot.

—Bravo, *machote*, així m'agrada, digues que sí!

I aquí tots dos van esclafir a riure amb ganes; era com si de sobte algú hagués aixecat la vàlvula d'una olla a pressió.

Ja era més de mitjanit quan va trucar el telèfon al pis de la Lupe. Ella el va deixar sonar quatre vegades i, abans de contestar, va dirigir un mirada envers el Sègol, com si li demanés permís per parlar. Ell li va donar llum verda amb un somriure.

—Sí?

—...

—Ah, ets tu? No, no... és clar. Si vols, demà en parlarem... Pressa? No, per què? Demà, d'acord? Sí, la veritat és que estic cansada, no trigaré gaire a anar a dormir. I tu també, eh? Un petó i fins demà... Sí... Bona nit!

La Lupe va penjar el telèfon i va respirar fondo. El Sègol, guiat pel que havia sentit de la conversa telefònica es va alçar, disposat a marxar. «¿I si ha dit això que estava cansada per tirar-me Flit? Probablement era una indirecta», va pensar. A més a més, hi havia aquella atracció fatal i a la mínima que es descuidava els ulls se li escapaven cap al quimono d'ella.

—Espera't, que et baixaré a obrir —va dir la Lupe—. Aquesta escala és de les antigues.

Van davallar els tres pisos en silenci i, quan ja eren al vestíbul de l'entrada, el llum de l'escala es va apagar. S'havien quedat amb aquella claror una mica ataronjada que venia del carrer. La Lupe ja havia posat la clau al pany i aleshores el Sègol li va prendre una mà i li va dir:

—Lupe, d'allò del poema... No et pensis, eh? A mi també m'agrada *el beso artesanal*.

La Lupe va deixar la clau al pany i es va sentir el sorollet metàl·lic del moviment pendular del clauer. Aleshores va ser ella qui li va agafar el cap amb totes dues mans i el va besar. D'entrada, el Sègol no va reaccionar. Però de seguida li va tornar el petó i fins i tot va sentir perfectament els llavis d'ella amb totes les seves particularitats.

I en sec, la cosa es va torçar. Perquè sovint l'objecte entrevist és quelcom d'infinitament més desitjable que allò que es pot contemplar amb tota tranquil·litat. En aquest cas, doncs, va ser la nuesa de la Lupe —mig vista, mig imaginada— el que va precipitar l'actuació del Sègol. Encegat, ell no es va limitar als petons i va introduir una mà per sota del quimono. La Lupe, però, no va reaccionar amb cap sobresalt ni espant. Suaument, va enretirar la mà del Sègol i li va acariciar les galtes.

—Sègol, em sembla que ara hauries de marxar. M'ho he passat molt bé, però ja és tard, no creus?

—Sí, esclar. Ah... gràcies pel sopar, era deliciós.

—Ei, tampoc cal posar-se tan formal, ara.

Després d'això la Lupe encara li va fer un petó a cada galta i li va dir a cau d'orella:

—Truca'm, eh? Ho faràs?

El Sègol li va dir que sí i va marxar. Al cap d'una estona, mentre caminava pel mig de la calçada del carrer Saragossa, ofuscat del tot, un cotxe va estar a punt d'atropellar-lo. El Sègol va apartar-se just a temps i immediatament va insultar el conductor amb un gran crit:

— More't, fill de Satanàs!

21

Però el Sègol no va trucar a la Lupe; els dies passaven i el Sègol no trucava.

Perquè havia arribat a un punt en què ja no entenia res. Per què la invitació? Per què el rotllet del quimono? Ah, per no parlar del poema de Benedetti, que «casualment» havia llegit aquell mateix dia. I després de tot això, a l'hora de la veritat, au, xato, cap a casa que es fa tard i vol ploure. En què quedaven? Volia rotllo o no? Qui era el tio que havia trucat a casa d'ella a aquella hora? Perquè era un tio, no? «Ara ja no entenc res», es repetia contínuament. Els pensaments del Sègol es perdien per aquest laberint. I tanmateix, ell intuïa que hi havia algun element, alguna peça de la combinatòria, que ell no posseïa, i, per tant, li era impossible de saber com es jugava a aquell joc.

El resultat d'aquella situació era un Sègol més malhumorat que mai. Es mostrava antipàtic amb els de casa i, quan es veien amb el Pep, ell tenia un comportament que despistava el seu amic.

—Segas, no sé què et passa, però la veritat és que estàs d'un muermo que t'hi cagues —li va dir el Pep una tarda que l'havia anat a veure a casa seva.

—Jo estic perfecte. Potser no tinc ganes de parlar i això és tot.

—Ah, molt bé. Potser sí. Però a mi em sembla que la cosa no va per aquí. Jo diria que tot allò que em vas explicar de l'aposta, allò que ja ho tenies a la butxaca, era pura fantasia. I ara et dol saber que se t'està acabant el temps i que *niente, nada, rien, nothing*. Tinc raó o no?

—Hosti, Pep, no ho sabia que parlessis tantes llegües!

—Això mateix, fes-te el boig, ara.

—Qui? Jo? Jo estic perfecte.

—Au, tornem-hi. Vinga, el rotllo autista.

Aleshores, el Sègol callava. Prou ho sabia, que en moments com aquell el Pep posava el dit a la nafra, però també era conscient que no era ben bé només la qüestió de l'aposta. I justament, com que ell era incapaç d'explicar-li aquest «no ben bé» al seu amic, preferia callar o fugir d'estudi. «Em faig la picha un lio», pensava. I és que, en situacions com aquella, el pensament del Sègol, tan poc normatiu, era concís i exacte.

Però va arribar un dia en què no va poder més; s'enfilava per les parets i va decidir que era preferible actuar. I si la cagava, la cagava. Era a primera hora de la tarda d'un divendres i feia una calor espantosa. Havia dinat a casa amb el Jonàs i l'Anne-Marie; l'Adrià tornava a ser fora. L'Anne-Marie llegia una novel·la en neerlandès ajaguda al sofà i el Jonàs tenia un parament impressionant de ninots i cavalls a terra; deia que allò era un campament d'exploradors.

—Anne-Marie, necessites alguna cosa del carrer?

Ella se'l va mirar amb una cara de «ara surts?» i li va dir que no, gràcies. El Sègol continuava buscant un subterfugi.

—I tu, Jonàs? Vols alguna cosa? Vols galetes de sèsam?

—Eh?

—Que baixo a baix, que si vols alguna cosa.

—Sí, podries comprar-me més soldadets?

—No, maco. Adéu.

El barri estava completament mort a aquella hora; només es veien coloms i algun home que remenava papereres. Al carrer de les Flors el Sègol va trobar la botiga de la Lupe tancada i es va asseure a terra; s'esperaria al costat mateix de l'entrada. «Què li diré, a la Lupe? Li diré que no m'atrevia a telefonar-li? Quina parida! Quina cursileria! Quina calor que fa! Sí que triga...», i al cap d'una mica els pensaments del Sègol es van encallar tant, que li semblava que estava gairebé adormit. Però quan la Vespa de la Lupe es va aturar davant de la botiga, ell es va alçar d'un sol bot. Ella va tallar el contacte de la moto i se'l va mirar abans de treure's el casc. A continuació se'l va treure, i va sacsejar el cap, com si volgués escampar la cabellera.

—Sègol, quina sorpresa!

—Hola, com va?

Ella no li va contestar i, en canvi, li va fer un petó a la galta esquerra. Després es va afanyar a obrir la botiga.

—Almenys a dins s'hi està un mica millor que al carrer. M'encantaria tenir aire condicionat, però la propietària s'hi nega. I suposo que té raó: t'imagines una botiga com aquesta, tan alternativa, amb aire condicionat? Seria anatema. Ara per ara, ens hem d'acontentar amb un ventilador, que és més ecològic.

Mentrestant, el Sègol se l'escoltava somrient i admirava la loquacitat de la Lupe. Quan ella ja va tenir les coses més a lloc va apropar-se al Sègol.

—Vols alguna cosa? Vull dir si et ve de gust alguna beguda fresca. Una cervesa de cultiu biològic? Un most alemany superrefinat?

Ell va fer que no amb el cap.

—En realitat he vingut...

—Digues.

—No ho sé, Lupe, per què he vingut. Suposo que per dir-te que l'altre dia em vaig quedar amb un mal cos bestial. I que... no ho sé, després no em sortia de trucar-te.

—Mal cos? Així que els meus petons et van deixar amb mal cos?

—No, ja saps que no és això. Però va ser com va acabar la vetllada. Vaig tenir la sensació que jo fugia...

—N'estàs segur? Vols dir que no va ser més aviat que vas pensar que jo et foragitava?

El Sègol va callar.

—Be, és igual, deixem-ho. El que compta és que hagis vingut. M'hauria fet molta pena que haguessis desaparegut del meu panorama per sempre més.

Després d'això li va tocar el torn a la Lupe de no dir res. Durant gairebé un minut va romandre absorta, i a continuació va somriure al Sègol, com si algú els hagués interromput momentàniament la conversa.

—Què fas demà?

—Demà? Res, no ho sé.

—T'ho dic perquè uns amics i jo anirem a una caseta que tinc llogada a Altafulla... I he pensat que potser t'agradaria venir amb nosaltres. Allí s'hi està molt bé, i des del jardinet de casa fins i tot es veu el mar.

El Sègol va inclinar el cap a una banda.

—Qui són aquests amics?

—Bona gent. Una parella que et caurà bé, sobretot ella.

El Sègol va fer veure que repassava les seves activitats del dia següent, com si ho consultés. I en realitat sí que s'ho consultava, però no precisament en la seva agenda.

—Quan marxaríem? —va dir a l'últim.

—Demà és un dels pocs dissabtes que em toca treballar, però plegaré bastant d'hora, cap allà a les set.

—Molt bé, doncs sí que m'agradaria venir.

La Lupe feia cara de contenta i a continuació li va explicar com i on havien de quedar. Després d'això ell ja no es va voler allargar gaire més estona a la botiga: era com si les perspectives de l'endemà convertissin el temps present en un compàs d'espera.

Al cap d'una mica, quan el Sègol ja tornava a ser a casa, l'Anne-Marie va espiar-lo per damunt del llibre, però no li va preguntar on havia anat. Ell es va agenollar al costat del Jonàs i li va dir:

—Juguem?

I el Jonàs es va mirar el seu germanastre amb un somriure de felicitat absoluta i de seguida va afegir:

—Però manaré jo, eh?

22

Durant el viatge amb tren a Altafulla no van parlar gaire. S'havien assegut a la banda esquerra, la del mar, i tots dos miraven el paisatge, que en aquella hora oferia una visió atractiva i gairebé paradisíaca del que podia ser un estiu a la costa. Hi havia gent que encara es banyava i les platges, il·luminades per aquell sol esbiaixat de tarda, semblaven més dolces que a ple migdia.

El Sègol havia preguntat a la Lupe com havien quedat amb els seus amics i ella li havia dit que els estarien esperant a l'estació; els altres hi anaven amb cotxe. A l'altura de Sant Vicenç el cel es va començar a espessir; era una nuvolada compacta que venia de l'interior i que a Creixell ja la tenien ben bé al damunt. Les primeres gotes van caure abans d'entrar a l'estació de Torredembarra i quan van ser a Altafulla la pluja s'havia convertit en un aiguat.

La nova estació d'Altafulla, lletja i amb caràcter d'urinari públic, no oferia aixopluc, i la Lupe i el Sègol van córrer fins a ser sota el pont de la carretera que condueix al barri de mar.

—On són els teus amics? —va preguntar el Sègol.

—No ho entenc, perquè normalment ells acostumen a ser gent molt complidora. Els deu haver sortit algun entrebanc i no han tingut manera d'avisar-me.

Al cap d'una bona estona va resultar evident que, ara per ara, la pluja no pararia, i que els amics de la Lupe tampoc no apareixerien per enlloc.

—Estàs disposat a mullar-te de cap a peus?

I el Sègol va assentir.

Caminaven tots dos ben junts, agafats per la cintura, i com a única protecció es tapaven el cap amb la caçadora de cotó de la Lupe. Però a mitja pujada cap al poble ja els havia enxampat la riuada que corria alegre per aquell pendent tan pronunciat. A la carretera nacional, quan s'esperaven al semàfor, un camió immens va rematar la feina esquitxant-los amb ràbia. A hores d'ara ells ja no s'esforçaven per evitar la mullena; estaven amarats i, tot i que no feia fred, tremolaven intensament.

El carreret de casa la Lupe, darrere de l'església, també feia baixada i s'hi havia format una d'aquelles riades naturals d'aigua terrosa. La Lupe va assenyalar el número tretze i després es va treure una clau tan mullada com la butxaca on havia estat fins aleshores. La caseta del número tretze, igual que les cases veïnes, era blanca i de planta i un pis. A l'entrada, darrere del tancat d'obra i del reixat de ferro, s'hi havia acumulat un bon bassal i la Lupe va preferir treure's les sandàlies: l'aigua li cobria els peus.

—Sort del graonet —va dir tot rient mentre obria la porta de casa.

A continuació, van pujar al pis de dalt i la primera cosa que ella va fer va ser encendre l'escalfador de l'aigua.

—El que ara necessitem és una bona dutxa calenta. Té, un tovallola. Dutxa't tu primer.

El Sègol va obeir la Lupe sense protestar, tot i que tenia la sensació que les accions s'anaven encadenant com si fos un vídeo que algú passava massa de pressa. Es va tancar en el petit lavabo i quan va sentir el raig calent sobre el cos va notar com una mena d'esgarrifança, però aquest cop no era de fred sinó de satisfacció. S'hi va passar una bona estona, sota la dutxa, i després es va eixugar a consciència.

I durant tota l'estona que era al lavabo, una sèrie de pensaments no el deixava tranquil. Com era que no havien arribat els amics de la Lupe? I si mai no havien tingut la intenció de venir i tot plegat havia estat un pretext que s'havia inventat ella? Però un pretext per a què? I després pensava que ja estava bé que les coses haguessin anat així: si el resultat era que es trobaven sols a la casa, tot seria més fàcil. No hi hauria testimonis.

Però aleshores es quedava amb la tovallola a la mà i contemplava la seva pròpia imatge, nua davant del mirall, i sentia alguna cosa que el neguitejava. Com era exactament l'enunciat de l'aposta del Pep? ¿No era ell, el Sègol, qui havia de guanyar l'aposta? En altres paraules: ell era qui havia de lligar-se la Lupe, era ell qui havia de dur les regnes d'aquella història, oi? No a l'inrevés. I de cop, va sentir una segona esgarrifança: ni amics, ni res de res; possiblement tot havia estat una martingala de la Lupe. «Ei, tant li fot», es va dir. «El que compta és guanyar l'aposta, no?»

I malgrat tot, no era el mateix. Era com si, de sobte, aquell quadre que sempre havies cregut que representava un home amb un turbant, ara descobrissis que no era un turbant sinó un farcell que duia damunt el cap. Un farcell que l'home transportava d'aquesta manera primitiva. I per més esforços que fessis, després ja no eres capaç de tornar a veure el turbant: ara només veies el quadre de l'home amb el farcell al cap.

Abans de sortir del lavabo, el Sègol es va posar els calçotes mig molls i es va enrotllar la tovallola a la cintura. Entre l'habitació i el lavabo hi havia una mena de passadís amb un gran armari i una porta que separava els dos espais. El Sègol va empènyer la porta i va veure la Lupe estirada al llit. Ella també s'havia canviat: ara portava un barnús blanc i duia els cabells embolicats amb una tovallola blava. Es van somriure mútuament i ella va allargar els braços cap a ell, amb un gest d'invitació. Aleshores el Sègol va treure's la tovallola i es va quedar només en calçotets. Eren uns que li havia regalat l'Anne-Marie pel seu aniversari, d'estil *boxer* i amb desenes de dibuixets del Popeye menjant-se una llauna d'espinacs. «Sexis que t'hi cagues!», va pensar el Sègol abans d'enfilar-se al llit.

—Vine cap aquí, Popeye! —va dir-li ella rient.

La Lupe va alçar el llençol i tots dos s'hi van esmunyir a sota. Ella va desembolicar-se els cabells i va deixar caure la tovallola blava al costat del llit, després el barnús també va anar a parar a terra. Encara tenia els cabells mig molls. I va ser en aquell moment que els cossos es van trobar: el Sègol va abraçar la Lupe i va sentir l'escalfor d'ella i el seu perfum, i aquelles dues sensacions el van emborratxar. Més enllà es van començar a besar i a ell li va fer l'efecte que mai havia assaborit uns petons com aquells. De tant en tant s'aturaven i reien de pura felicitat. I va ser en ple engrescament, quan rodolaven pel llit com si juguessin, que el Sègol va veure una cosa que el va desconcertar. Oi que ell s'havia tret els pantalons i els havia deixat just davant de la porta del lavabo? I doncs, què hi feia la seva cartera damunt la tauleta de nit? Va estirar el braç per prendre-la i la Lupe va provar d'aturar-lo.

—Què vols? —li va dir, entre petons.

—Res, deixa'm.

El Sègol havia aconseguit incorporar-se una mica i quan va alçar la cartera va veure que a sota hi havia un document: era el seu carnet d'identitat.

23

—Hòstia, què hi fot això, aquí? Que m'ho has agafat tu?

—Sègol, ara això no té cap importància. Deixa-ho córrer. Després t'ho explicaré, t'ho prometo.

La Lupe va intentar atreure'l cap a ella, però el Sègol s'hi va resistir. Ell estava assegut al llit i estudiava el seu carnet com si el document contingués la clau de l'escena.

—Per què ho has agafat?

—Volia estar segura d'una cosa.

Durant uns segons van callar. Només se sentia el retruny dels trons, que s'anava allunyant més i més, i tot feia pensar que aquell aiguat no havia estat gaire més que un xàfec d'estiu.

—Sègol, quan he vist els teus pantalons xops a terra i la cartera que sobresortia una mica de la butxaca del darrere he sentit una temptació irresistible.

—Si era per saber quants anys, mesos i dies tinc, no calia que em remenessis les meves coses, ja t'ho hauria dit jo mateix —la veu d'ell pretenia ser més dura del que era en realitat.

Entre tots dos havia quedat una certa distància física, potser mig metre, i va ser la Lupe qui va allargar la mà per acariciar l'espatlla del Sègol.

—No, guapíssim, això no m'interessa gens.

—I doncs?

—Volia estar segura que eres fill de la Berta.

Allò va ser com una descàrrega elèctrica: eren tan rares les ocasions en què el Sègol sentia anomenar la seva mare pel nom.

—I tu com ho saps, que es deia així?

—Perquè la vaig conèixer. Vam ser amigues.

Després va seguir un silenci llarg, puntuat per la pluja que cada vegada queia més espaiada.

—Però com ho podies saber tu? Vull dir abans de veure el seu nom en el meu carnet d'identitat. Jo no te n'havia parlat mai, oi?

La Lupe va allargar el braç de nou i aquest cop va aconseguir que el Sègol s'apropés a ella. Amb el mateix braç li va cenyir la cintura, tots dos cossos en contacte.

—Recordes allò que vas dir el primer cop que vas venir a la botiga? Que el teu pare havia estat el cantant del grup Ginseng? Aquesta va ser la pista i a partir d'aquell moment jo no parava de rumiar-hi i em preguntava si podia ser veritat. Em feia tan estrany veure't i imaginar que tu havies nascut de la Berta!

El Sègol se l'escoltava i gairebé no gosava mirar-la. Al cap d'una mica va preguntar-li com l'havia coneguda.

—No va ser no gaire lluny d'aquí; en un càmping que queda entre Altafulla i Tarragona, i que es diu Les Palmeres. Jo ja hi havia treballat un parell d'estius abans i la Berta no sé ben bé com hi va anar a parar. Érem molt joves, quasi unes nenes. Recordo que a ella tot li feia riure. De seguida ens vam entendre. Treballàvem al bar del càmping i les nits se'ns feien eternes. Hi havia homes que ronsejaven mentre bevien cervesa i ens dedicaven bromes pesades. La Berta se'ls sabia torejar molt bé i sempre reia. Jo, en canvi, em sentia cohibida: hi havia aquells ulls vulgars que començaven repassant-me els pits i que després, quan arribaven a la cara, s'apartaven bruscament per mirar cap a una altra banda. Encara recordo un comentari que vaig sentir en una d'aquelles nits: «La dels melons està bona, però quina pena de llavis!» Era la conversa de dos homes borratxos. Però jo no vaig protestar; vaig enrogir, incapaç de dir ni piu. Amb la Berta no en parlava mai, d'aquestes coses, m'hauria fet massa vergonya. I a més, ella no tenia problemes; era guapa i decidida.

»Un dia em va ensenyar una foto d'un noi i em va dir que era el seu noviet. Em va explicar que tenia un grup que es deia Ginseng i que aquell estiu havien anat a Mallorca a gravar el seu primer disc. Tot i que teníem prohibit rebre trucades que no fossin per assumptes urgents, el noviet va telefonar més d'un cop fent veure que era el pare de la Berta. Ella m'ho explicava més tard, morta de riure. I jo, secretament, pensava en la foto d'aquell noi atractiu i li tenia enveja.

El Sègol se l'escoltava sense mirar-se-la. Ell continuava amb el carnet d'identitat a la mà.

—Després d'aquell estiu li vaig perdre la pista. Vaig trigar molt a tornar-la a veure i va ser un únic cop. Potser aleshores tu ja havies nascut, no ho sé. Va ser una nit que jo estava amb dues amigues al Tales, un bar del Barri Gòtic. La Berta em va passar pel costat, quan anava al lavabo del bar. Vaig dubtar un moment, no n'estava segura que fos ella. Se la veia molt demacrada i el rostre se li havia endurit. Quan va sortir del lavabo la vaig observar millor de nou i em vaig dir que sí que era ella, tot i que hagués canviat tant. Però no li vaig dir res. Potser no m'hi vaig atrevir, potser tenia por de la seva reacció. I després ja no hi vaig ser a temps...

El Sègol se l'escoltava en silenci i, a mesura que la Lupe parlava, ell notava com un nus li serrava la gola, més i més. I tot d'una, en adonar-se que la Lupe havia callat, el Sègol es va alçar del llit. No volia plorar davant la Lupe, li feia massa vergonya. Era com si les seves llàgrimes confirmessin el fet que ell era jove, tan jove, o tan petit, que fins i tot hauria pogut ser el fill de la Lupe.

A poc a poc, va baixar l'escala de fusta que duia al pis de baix i va obrir la porta que donava al jardinet del darrere. Però encara no va sortir a fora. Es va quedar al llindar i va notar l'aire xafogós i humit. Ara ja no plovia i s'havia fet de nit. Va alçar els ulls cap a l'escala, però no va sentir res i aleshores sí que va sortir a l'exterior. Quan va ser sota de la morera que hi havia al fons del jardí el Sègol es va asseure i va recolzar l'esquena contra el tronc. Immediatament va notar com se li mullaven el cul i les cames: la grava del terra estava ben xopa.

Havia retingut el plor fins aquell moment, i ara, que ja podia obrir les comportes de les llàgrimes, aquestes van trigar bastant a poder sortir. El Sègol va plorar, si és que és possible, d'una manera assossegada. Les llàgrimes li queien galtes avall i el nas li rajava, i ell no feia res per evitar-ho ni tampoc s'eixugava la cara. Per què plorava exactament? Perquè se sentia com un titella, un mitja merda. Ell, que es creia tan llest amb els seus plans i la xamba que havia tingut per guanyar l'aposta (això era el que havia cregut fins aleshores), i de cop resultava que era ell l'objecte de les maniobres de la Lupe. Però era ben bé així com havien anat les coses? No n'estava segur. «Jo què sé, jo què sé», repetia en veu alta.

I, a més a més, els records de la Lupe quan parlava de la seva mare l'havien deixat fràgil i remogut. Perquè una cosa eren les memòries que ell guardava de la seva mare: aquestes ja les tenia ben apamades, gairebé fetes a mida, com qui diu; i en canvi, quan la Lupe li havia parlat de la Berta, ell havia sentit per un instant que la seva mare tornava a ser una persona viva: era aquella noia riallera que se'n fotia una mica de tot i que encara tenia tota la vida per endavant.

En tornar a ser al pis de dalt, el Sègol va asseure's als peus del llit i va mirar la Lupe en silenci.

—Com estàs? —li va preguntar ella alhora que li oferia una mà que ell va refusar.

—A tu què et sembla? Com et sentiries, tu? A veure, o sigui que aquest xavalet deu ser el fill d'aquella amiga que vaig tenir i que es va morir perquè estava enganxada al cavall. Ah, doncs, mira, no està malament. Me'l podria lligar i això em faria sentir bé. Esclar, la meva amiga era molt espavilada, però, pobreta, va tenir una mala època i... bum!, morta, i jo, en canvi, estic viva i puc jugar a passar-m'ho bé amb el seu nen...

—Sègol, fes el favor de callar!

La Lupe estava asseguda al llit, l'esquena recolzada al capçal, i amb el llençol es tapava els pits.

—Tinc raó o no? Perquè és així. M'imagino que m'has vist com un capritxet que tenia un interès afegit pel fet de ser fill d'una persona a qui vas conèixer.

—Prou, de debò. No saps de què estàs parlant.

La Lupe es va tapar la boca i per un instant el Sègol va creure que ella esclataria a plorar. En aquell moment ell encara ho hauria pogut salvar. Hauria pogut establir un pont de contacte i probablement haurien reprès el fil i se n'haurien sortit d'una manera més o menys elegant. No hem d'oblidar que entre tots dos continuava vibrant l'atracció, la incandescència...

Però en comptes d'arreglar-ho, el Sègol es va quedar emmurriat als peus del llit. Feia un posat de nen consentit a qui normalment tot li és permès, però que, per una vegada, algú l'ha contrariat.

I aleshores, la Lupe va parlar:

—Escolta'm, tu que et creus amb el dret de jutjarme tan durament, tu que m'acuses d'haver-te manipulat; ara m'agradaria que m'expliquessis quins eren els teus motius per acceptar les meves invitacions. Per què vas venir a sopar a casa? Per què has vingut aquí? Quin interès tens a lligar-te, si vols utilitzar l'expressió, una dona que podria ser la teva mare? Una dona, com jo, que no és cap exmodel ni ha guanyat mai cap concurs de bellesa?

El Sègol va alçar els ulls i va mirar la Lupe. Què podia dir? A continuació va arronsar les espatlles mentre respirava fondo. En aquell moment va saber clarament que s'havia ficat en un bon mullader i que no hi havia manera humana de sortir-ne il·lès.

24

Després de demanar-li aquelles explicacions, la Lupe havia desaparegut sense justificar-se. El Sègol s'havia quedat a l'habitació de dalt, assegut al llit, i, de tant en tant, parava l'orella per saber què era el que la Lupe estava fent al pis de baix. Ell tenia la sensació que la Lupe havia volgut subratllar les seves últimes paraules amb la seva absència; una mica com si li hagués dit: «Rumia-t'ho una estona i quan m'ho expliquis no em surtis amb cap collonada.»

Per això, quan el Sègol va sentir que ella pujava l'escala, va redreçar l'esquena i va tossir un parell de cops: la impressió era pareguda a l'entrada del professor a classe en un dia d'un examen per al qual no estàs ben preparat.

La Lupe va deixar damunt el llit una safata amb una tetera, dues tasses i un paquet de galetes. A continuació, va servir el te i va prendre possessió del seu lloc: tot això ho va fer en un silenci absolut. El Sègol la mirava sense dir res; la veia recolzada al capçal del llit amb el barnús posat i una actitud de serena espera i, en sec, la va trobar més bonica que mai, i hauria donat el que fos per poder-se llançar als seus braços i abraçar-la i besar-la sense cap tipus de fre ni barrera.

Però no era possible.

En comptes d'això, ell va prendre un galeta del paquet obert i la va mossegar sense gana. Eren d'aquella mena de galetes que no haurien agradat gens al Jonàs. El te cremava i era de gessamí.

—Au, Sègol, m'ho expliques?

Ell li va enviar un somriure. Per on podia començar?

—Lupe, el que et diré no t'agradarà gens... Vull dir que és absurd, una parida. I a més a més, em penso que no ho entendràs.

—Tu prova-ho i jo també provaré d'entendre-ho.

El Sègol s'havia menjat una galeta i en va agafar una altra; en aquell moment preferia tenir les mans ocupades.

—Jo i un amic meu, el Pep, fa temps que fem apostes, vam començar fa molts anys...

—I?

—I el que va començar com una d'aquestes apostes, després s'ha convertit en una altra cosa, s'ha complicat... ja no és el mateix, vull dir, saps?

La Lupe va beure un glop de te i va fer una ganyota com si s'hagués cremat una mica.

—Està bé, feu apostes. Sempre és divertit jugar, oi? I aquesta aposta que ha sofert aquesta transformació, com era exactament?

El Sègol va respirar fondo. «Ara ve quan el maten», va pensar. No hi havia manera de disfressar-ho i, per això, va cantar de ple:

—El Pep em va dir: «Tens un mes per lligar-te una tia que et dobli en edat, una dona que podria ser la teva mare.» Va ser això, textualment. D'aquí a dos dies es compleix el mes.

En sentir això, la Lupe va tancar els ulls un instant. Després va beure un altre glop de te, va deixar la tassa i la safata a la tauleta de nit i es va ajeure al llit. Amb la mà dreta s'havia agafat un ble de cabells i ara se l'estudiava com si busqués puntes obertes.

—Simpàtic, el teu amic.

—Lupe, tu m'ho has preguntat i jo t'he contestat. Però ja t'he dit abans que això va ser el principi i que després tot ha canviat... vull dir que ara ja no és el mateix.

Ella se'l va mirar fixament, com si no l'hagués sentit.

—I a tu què et sembla: la guanyaràs o no, aquesta aposta? Amb una mica de sort, potser sí, oi? Mira, com a mínim, ja tens la tia.

—Hòstia, Lupe, que no és això!

A partir d'aquell moment la Lupe va caure en un mutisme que va durar una bona estona. El Sègol no sabia com interpretar el seu silenci, i per un instant va témer que ella ja no diria res més: potser aquell silenci expressava el desig d'ella per tal que ell marxés immediatament de la casa.

—Lupe, digues alguna cosa —va atrevir-se el Sègol a l'últim.

Aleshores la Lupe va incorporar-se de nou, l'esquena ben recolzada al capçal del llit. Va agafar una galeta del paquet i es va servir una mica més de te.

—Pel que em dius, t'agraden les apostes, oi? Doncs ara et diré el que farem: jo te'n proposo una altra, d'aposta. Ara bé, no siguis massa ambiciós. Si en guanyes una, perdràs l'altra.

—Lupe, què estàs dient? De què parles?

—És molt senzill. Si vols guanyar l'aposta del teu amic encara hi ets a temps. Ara mateix, quan ens acabem el te, tu i jo, pim, pam, fem un polvet ràpid i ja està. Però no t'esperis cap fantasia, això no. Així, quan vegis el teu amic li pots dir que has complert la missió. Per mi no cal que et preocupis, no serà la primera vegada que jegui amb un home per raons equivocades. I pensant-hi bé, potser tampoc serà l'última. Ara bé, deprés d'això no t'esperis gaire cosa més. Perquè, estaràs d'acord amb mi: com a forma de relació no és de les més boniques que conec.

El Sègol s'havia quedat amb mitja galeta a la mà, els ulls baixos, i no gosava alçar-los, perquè sabia que en l'instant en què les dues mirades es trobessin, ell esclataria en plors.

—I l'altra aposta, la teva, quina és?

—Veig que t'agrada jugar. L'altra tampoc no és gaire complicada. Bàsicament es tracta d'esgotar aquests dos dies sense fer res, res que pugui significar el triomf de l'aposta del teu amic, saps què vull dir, oi? És una qüestió d'observar estrictament el protocol. «I després què?», em preguntaràs tu. I jo et contestaré: Sègol, després no ho sé, no en tinc ni idea. Però com a mínim no l'haurem cagada d'entrada. No haurem cremat tots els cartutxos amb un foguejament estúpid i pueril. Perspectives de futur? Ni idea. Tu i jo, què? Tampoc no ho sé. És a dir que amb la meva aposta guanyes ben poc de tangible. Medalles de don Joan, cap ni una, això t'ho asseguro. Mira, Sègol, jo vaig a fer un pipí i tu mentrestant t'ho penses. No tinguis pressa.

El Sègol va continuar capcot i, malgrat tot, va notar que no es podia reprimir un somriure: aquell comentari tan íntim i casolà del pipí era l'últim que s'esperava en aquella situació. Al cap d'uns minuts la Lupe va tornar i el Sègol va adonar-se que ella s'havia recollit els cabells en una cua. També li va semblar que s'havia perfumat de nou. Aquella visió i l'olor el van excitar, i de seguida es va dir que ara no era el moment. Aleshores, la Lupe li va dirigir una mirada interrogativa i el Sègol en va tenir prou amb allò per descobrir que en els ulls d'ella hi havia un llibre escrit: eren pàgines que li parlaven de la por del rebuig, de l'horror a ser utilitzada, d'una tendresa immensa i d'una força que no estava exempta de vulnerabilitat.

—Lupe —va dir ell molt fluixet—. Accepto la teva aposta.

En sentir això, ella va somriure i va allargar les mans cap a les d'ell i els dits es van entrellaçar. Uns segons més tard, tots dos jeien al llit fent-se petons interminables. Fins que la Lupe va pessigar l'esquena del Sègol i li va dir:

—Noi, em sembla que així perdràs la meva aposta.

I tots dos van riure.

—Espera't un moment —va dir la Lupe, de sobte.

Li va manar que es poses bocaterrosa i que tanqués els ulls.

—No et moguis que ara torno —va afegir.

«Però això què vol dir? Que prepara un número especial? No havíem quedat que no faríem res?», es va dir el Sègol, sempre amb els ulls tancats i amb el cor que li bategava acceleradament.

Al cap d'un moment va notar com la Lupe s'agenollava al seu costat i immediatament va sentir unes gotes d'algun líquid que li queien damunt l'esquena. Una olor perfumada es va escampar per l'habitació, era perfum d'aigua de roses. Les mans fortes de la Lupe van anar escampant l'oli per l'esquena d'ell i a continuació va iniciar el massatge.

—Mmm, que bé... —va dir ell, al cap d'una mica.

—No parlis, que no cal.

Lentament, una sensació de tant-se-me'n-dóna es va anar apoderant de tot el seu ésser, i quan els dits de la Lupe van passar a acariciar-li el cap i les orelles, amb uns moviments que li enviaven uns corrents dolços i plaents pertot arreu, el Sègol va adonar-se que li queia un filet de bava per la comissura dels llavis, i el que encara era millor: s'adonava que ara li era absolutament igual.

Una mica més enllà, va sentir la veu llunyaníssima de la Lupe que li deia alguna cosa molt agradable, molt íntima, alguna cosa que si li hagués dit cara a cara possiblement l'hauria fet enrogir de vergonya. Ell va provar de contestar, va moure els llavis, però no va dir res. I potser era millor així, perquè se sentia tan bé...

Al cap de deu minuts la Lupe es va alçar del llit. Va assegurar-se que ell dormia i llavors li va fer un petó llarg al muscle esquerre. Va baixar l'escala de fusta sense fer gens de soroll i va sortir al jardí. Portava el barnús posat i caminava de puntetes. Feia l'efecte que busqués l'indret exacte on abans s'havia aturat el Sègol. Ella, igual que havia fet ell, també es va ajupir.

I si en aquell instant el Sègol hagués estat despert, l'hauria observada des de la finestra de dalt i, probablement, li hauria agradat saber en què pensava ella mentre —tot abraçant-se les cames— es balancejava endavant i endarrere lentament; el seu cos talment com un bressol.

25

Quan el Sègol va sentir el telèfon va saber immediatament que era el Pep qui trucava.

—Sí?

—Saps quin dia és, oi, Segas?

—Clar que ho sé.

—I què, doncs?

—I res, tot bé. Mira, si vols que ens veiem, per què no quedem a l'orxateria del carrer Parlament?

—D'acord, d'aquí a mitja hora seré allí. No em facis esperar, eh?, que estic mort d'impaciència perquè m'ho expliquis tot.

El Sègol va penjar el telèfon i es va ajeure al llit. Estava sol a casa i tenia vint-i-cinc minuts per pensar. Tota aquesta estona per decidir què diria al seu amic. Hauria pogut mentir-li, per què no? Però per què hauria de començar a mentir ara si fins aleshores no ho havia fet mai? Potser també li hauria pogut demanar al Pep que li donés un o dos dies més de marge, que ara només era una qüestió de temps... I aquí el Sègol tancava els ulls amb força i es preguntava: «Però és això el que de debò vols dir-li? És aquesta la història? Realment, va d'això, el pal? Per què no li dius la veritat?»

Aquests pensaments no van durar gaire estona, ni

deu minuts, i a continuació es va quedar contemplant la seva habitació. Passejava lentament la vista per tots aquells objectes que ja coneixia de memòria i, en sec, va tenir la sensació que tot allò no tenia cap relació amb ell. Aquell cartell que li havia donat el seu pare d'un dels seus bolos, el de la gira d'El bigote de Dalí, i que ara ja tenia les cantonades una mica rebregades i una havia perdut la xinxeta; les postals que li havia enviat una novieta des de Lisboa i que ell havia enganxat amb Blutack a la paret; els mocadors i les gorres que eren al penjador de darrere la porta; la llibreria on compartien els prestatges les novel·les que havia llegit recentment i els àlbums de còmics, alguns de quan era més jove... Aquell conjunt de coses pertanyia a una cara del Sègol, i ara, com quan era petit, tampoc estava segur de quina era la seva cara de debò.

A l'hora convinguda, el Sègol va entrar a l'orxateria i va veure que el Pep ja l'estava esperant en una de les taules del fons. Va saludar-lo fent una ganyota, i el Pep va bufar per la canyeta dins del got d'orxata i amb això va aconseguir fer el sorollet típic de gàrgares que tant li agradava. A la taula del costat hi havia dues dones joves; eren negres, potser cubanes o porto-riquenyes. Una d'elles, la més grassa, portava una samarreta brillant i vermella, que li marcava molt els pits voluminosos. El Pep se la va mirar de reüll i després, clavant la vista en el Sègol, va moure les celles amunt i avall.

—Va, tio, què vols? —va dir—. Si et ve de gust, demana una orxata gran, que avui convido jo.

D'entrada el Sègol va arronsar les espatlles i després va fer que sí amb el cap. Es van quedar tots dos en silenci mentre esperaven que els servissin les begudes —el Pep havia demanat una segona orxata. Mentrestant, les veus de les seves veïnes caribenyes sonaven musicals i alegres, i en sentir-les parlar, al Sègol li va semblar que ell seria incapaç d'explicar res.

—Què, guapo, t'ho has fet o no? —va dir a l'últim el Pep, de manera brutal.

—Mira, no és això, saps...

—Ui, Mr. Misterioso, es veu que has inventat una nova categoria: la del sí i no, potser i seguríssim, tot alhora.

Aleshores el Sègol va xuclar la canyeta durant una bona estona. Ho feia a la seva manera; la mossegava i així aconseguia que l'orxata li arribés més lentament a la boca.

—Ei, Segas, que t'has quedat enfavat?

El Sègol va fitar el Pep, dret als ulls. Sentia que el cor li bategava amb força. Li semblava que fins i tot s'havia ruboritzat.

—No, no m'he quedat enfavat —va dir amb una veu que volia ser impertorbable—. I d'allò altre, res. Vull dir que he perdut l'aposta.

—Hòstia, fatal, no? Tan malament t'ha anat?

—No, però he perdut.

I després de dir allò, el Sègol va callar. De cop va intuir que si era capaç de mantenir aquell silenci, hauria vençut. És a dir, hauria traçat la delicada línia del que era seu, del que li pertanyia solament a ell. Era com si estigués creant un nou espai; potser fins i tot més tard el batejaria amb el nom de «vida privada». Alguns minuts de conversa de les veïnes negres i a continuació el Pep va provar sort:

—Ei, com a mínim digue'm una cosa: estava bona, la tia?

—No.

—No què, que no estava bona?

—Que no t'ho vull dir, Pep.

—De mal rotllo, no?

El Sègol va encongir les espatlles altre cop. Va respirar fondo i al mateix temps va adonar-se que el cor ja se li començava a calmar.

Al seu voltant hi havia moviment: gent que entrava i sortia de l'orxateria, parelles, famílies, homes sols. El Sègol se'ls mirava i en aquell instant pressentia que molts d'ells, potser tots, tenien els seus secrets (grans o petits). Per exemple, aquella parella jove que reia i dubtava sobre quin gelat demanar, ell i ella potser havien fet l'amor la nit anterior per primer cop; potser els havia anat bé, potser no. O aquell pare de família que s'impacientava i renyava el seu fill petit i que de tant en tant es girava per espiar la negra de la samarreta vermella: què pensava aquell pare? Hauria volgut fer l'amor amb aquella negra alegre i de pits generosos? I fins i tot aquell altre home, vell i sol, que bevia una orxata petita i fumava un cigarret, aquell home que de vegades alçava els ulls del taulell metàl·lic i contemplava la pròpia imatge en el mirall que tenia davant seu mentre murmurava alguna cosa en veu baixa. Què pensava aquell vell? I si se li havia mort el gos feia una setmana? I si se li havia mort la dona feia sis mesos? I si mai no havia estat casat ni havia tingut cap gos i avui encara somiava en aquella dona jove que va conèixer trenta anys enrere en una festa de barriada?

En sec, el Pep va arrencar-lo de les seves cabòries.

—Nen, es veu que això del fracàs t'ha deixat mut.

Com a resposta, el Sègol va deixar anar una sèrie de grunys i sorolls guturals que eren idèntics als que feia un venedor beneitó de loteria que es passejava pel barri. Les negres se'l van mirar i després van riure. El Pep també va riure. Van pagar i abans de sortir de l'orxateria, el Pep va fer un gest d'adéu a les seves veïnes.

—*¡Adios, caballero*! —va dir la negra de la samarreta vermella.

Un cop al carrer van caminar en silenci fins a casa del Sègol. S'havien aturat exactament davant del petit taller que estava intal·lat a la porteria de l'edifici. El Sègol va mirar l'aparador i el grapat de rellotges, alguns molt antiquats, i després va llegir aquelles lletres que coneixia de memòria: «Relojes Claret. Composturas.» Aleshores va fixar l'esguard en el seu amic, però encara va trigar un moment a parlar.

—Pep, escolta'm, ja no faré més apostes —va dir a l'últim.

—Hòstia, mai més?

—De moment no.

—Segas, estàs marciano total. Potser t'han caçat en una invasió d'ultracossos.

El Sègol va respondre donant-li una empenteta amb l'espatlla, com si fos un toro jove.

—Però digue'm una cosa, si ho aconsegueixes fora de terme, és a dir sense apostes, m'ho diràs?

Abans de contestar, el Sègol va brandar el cap.

—Potser sí... o potser no.

—'Tà bé, tio.

Una altra empenta i aquest cop el Pep també s'hi va tornar. S'envestien fent conya, fins que el Pep va anar a topar contra un home gran que passava pel seu costat i que se'l va mirar amb cara irritada i va deixar anar un «Cony!» ple d'amargor.

—Segas, me'n vaig. Fins demà... o fins mai, en vista del panorama.

Aleshores el Sègol el va retenir pel braç i li va dir:

—Ei, Pep, tot això de bon rotllo, eh?

—Hosti, i tant, boníssim! Apa, adéu!

—Adéu, Pepo!

El Sègol va entrar a la porteria i va enfilar l'escala. Pujava els graons a poc a poc. Pensava en el seu amic. Hauria volgut saber què estava pensant el Pep en aquell precís instant. Però també entenia que això no podia ser, perquè allò ja no li pertanyia. Com tampoc li pertanyien els pensaments secrets de la Lupe, ni els del seu pare, ni els de l'Anne-Marie, ni els de tota la gent de l'orxateria del carrer Parlament, ni els de tota la gent del barri, ni tots els pensament secrets que corrien per Barcelona... Ni al mateix Jonàs li podia exigir que li revelés els seus secrets!

Va enfonsar la clau a la porta del pis i va dir: «Hòstia!» Ho havia dit baixet. I aquella exclamació sorgia perquè, en sec, li semblava que tots aquells misteris, tots aquells pensaments desconeguts que habitaven pertot arreu, convertien el món en un lloc diferent del que ell havia imaginat fins aquell moment; el feien sorprenent i ric al mateix temps.

«Ho he d'explicar a la Lupe», es va dir. Però després va somriure i va pensar: «O potser no.»

Aquesta edició de L'APOSTA
fou acabada d'estampar a
la ciutat de Barcelona
la segona quinzena
de març del 2002

COLUMNA JOVE

1. Oriol Vergés *17 anys, primer viatge a Itàlia*
2. Joaquim Carbó *El vol del colom*
3. Irène Némirovsky *El ball*
4. Fred Uhlman *L'amic retrobat*
5. Alfred Andersch *El pare d'un assassí*
6. Raimon Esplugafreda *Hem nedat a l'estany amb lluna plena*
7. Joaquim Borrell *El bes de la nivaira*
8. Agustí Alcobero *Una troca embolicada*
9. F. M. Dostoievski *El petit heroi*
10. Josep Francesc Delgado *Si puges al Sagarmatha...*
11. Lluís-anton Baulenas *Rampoines/451*
12. Maite Carranza *La nit dels arutams*
13. Georges Simenon *El boig de Bergerac*
14. Joan Pla *La tornada del cometa Halley*
15. Jesús Bonals *Viatge a l'interior d'un gra d'arena*
16. Oriol Vergés *Vacances de pares*
17. Joaquim Carbó *L'honor de Fazel Madani*
18. Màrius Serra *Tres és massa*
19. Georges Simenon *Set creus en un quadern*
20. Joaquim Buxó *Contes d'Àfrica*
21. H. P. Lovecraft *El cas de Charles Dexter Ward*
22. Tom Sharpe *Wilt*
23. Jaume Macià *Aprenent de detectiu*
24. Brock Cole *Celine*
25. Dolors Garcia *Albert*
26. Francesc Sales *Com un xiprer*
27. Mercè Rodoreda *Mirall trencat*
28. Jules Verne *Viatge al centre de la terra*
29. R.L. Stevenson, H.G. Wells, Lord Dunsany *Tres contes fantàstics*
30. Franz Kafka *La metamorfosi*
31. Guy de Maupassant *Vetllant un mort i altres contes*
32. Woody Allen *Efectes secundaris*
33. Josep Vallverdú *Els genets de la tarda*

34. PERE MOREY *El llaüt de vela negra*
35. FRANCESC SALES *¡És ella!*
36. ISABEL-CLARA SIMÓ *Raquel*
37. ISABEL-CLARA SIMÓ *Tria de contes*
38. GEORGES SIMENON *Maigret i el lladre mandrós*
39. JORDI LLAVINA *Les veus de l'experiència*
40. TONI CUCARELLA *Cool: Fresc*
41. JOAN PLA *Els enemics de «Bola de Drac»*
42. WOODY ALLEN *Sense plomes*
43. JOSEP GÒRRIZ *Inquietud a l'aula 51*
44. MAGDALEN NABB *Fantasmes del crepuscle*
45. AGUSTÍ SEGARRA *La Vall dels Forcats*
46. JOAN SALES *Contes d'ahir i d'avui*
47. JORDI SARSANEDAS *Contra la nit d'Oboixangó*
48. JOSEP VALLVERDÚ *La caravana invisible*
49. ROALD DAHL *Històries de fantasmes*
50. LLORENÇ VILLALONGA *Bearn o la sala de les nines*
51. MARGARIDA ARITZETA *Un rock d'estiu*
52. WOODY ALLEN *Com ensorrar la cultura*
53. MERCÈ RODOREDA *La plaça del Diamant*
54. PASCAL QUIGNARD *Tots els matins del món*
55. ISABEL-CLARA SIMÓ *La veïna*
56. JOSEP FRANCESC DELGADO *Sota el signe de Durga*
57. PAU JOAN HERNÀNDEZ *Cordada de rescat*
58. JOSEP GÒRRIZ *Complot: virus K-4*
59. JOAN RENDÉ *El llegat del príncep de Larsa*
60. LARA CARDELLA *Volia dur pantalons*
61. JOAQUIM CARBÓ *Amors a primera vista*
62. MARIA MERCÈ ROCA *Setze contes*
63. RAFAEL VALLBONA *Pis d'estudiants*
64. XESC BARCELÓ *Casa de troncs a la muntanya*
65. ARTHUR CONAN DOYLE *El gos dels Baskerville*
66. ISABEL-CLARA SIMÓ *Una ombra fosca...*
67. R. L. STEVENSON *L'Illa del Tresor*
68. J. F. DELGADO *Havies d'haver posat la Traviata*
69. RAMON VINYES *L'home de les quatre ombres*
70. ANTÒNIA CARRÉ-PONS *I què faràs ara, Clara?*
71. IGNASI MORA *Las veus de la família*

72. Andreu Sotorra *El Club dels Caps Rapats*
73. Jesús Bonals *Uns ulls plens de mar*
74. Jaume Cela *Com una joguina trencada*
75. Jordi Sierra i Fabra *El temps de l'oblit*
76. Jordi Sierra i Fabra *Banda sonora*
77. Xavier Casals *Contra el poder de Gorm*
78. Glòria Llobet *¿Què t'angoixa, Núria?*
79. Zlata Filipović *El diari de Zlata*
81. Roser Moreno *Sempre hi haurà una cançó*
82. X. Casals i M. Lucas *Quatre pringats*
83. Xavier Cassadó *Anelles olímpiques en forma d'ou*
84. M. Àngels Vayreda *Encara no sé com sóc*
85. Miquel Fañanàs *L'any de la serp*
86. Olga Xirinacs *Xocolata*
87. James Houston *Foc glaçat*
88. Oriol Vergés *L'escapada*
89. Aldous Huxley *Un món feliç*
90. A. Martín / J. Ribera *Flanagan de luxe*
91. Toni Cucarella *Els ponts del diable*
92. J. Sierra i Fabra *Mai no serem estrelles del rock*
93. Miquel Fañanàs *L'enigma de la Torà*
95. Elie Wiesel *La nit*
96. M. Àngels Anglada *El violí d'Auschwitz*
97. Robert James Waller *Els ponts de Madison County*
98. Andreu Martín *Pops en un garatge*
99. Glòria Llobet *I ara què, Núria?*
100. Gabriel Janer Manila *El terror de la nit*
101. Joan Pla *Mor una vida, es trenca un amor*
102. Toni Cucarella *El lledoner de l'home mort*
103. Andreu Martín *L'amic Malaspina*
104. Ferran Torrent *Gràcies per la propina*
106. A. Martín / J. Ribera *Alfagann és Flanagan*
108. Robert Saladrigas *Un temps del diable*
109. Isabel-clara Simó *Joel*
110. Anna M. Muntaner *A l'ombra del Xomolungma*
112. Víctor Batallé *Joc de becs*
113. Rafael Vallbona *Pols a les sabates*
114. Vicent Pardo *I de sobte... un grapat de milions!*

115. Rainer Maria Rilke *Cartes a un poeta jove*
116. A. Martín i J. Ribera *No demanis llobarro fora de temporada*
117. Toni Soler *Pretèrit imperfecte*
118. Emili Rosales *La casa de la platja*
119. J.F. Delgado *La dama descalça*
120. Mariona Ibars *El príncep de Viana*
121. M.J. Arinyó *Linda i Roger*
122. Mercè Rodoreda *Jardí vora el mar*
123. A. Martín-J. Ribera *Flanagan Blues Band*
124. Àlex Sisteré *Partint de zero*
125. Víctor Mora *El parc del terror*
126. Jordi Serra Franch *Psicopizza*
128. Jordi Sierra i Fabra *Concert en sol major*
129. Ursula K. Le Guin *L'ull de la garsa*
130. Rafael Vallbona *El noi de la vall del Dra'a*
132. Joaquim Borrell *L'esclava de blau*
133. Ferran Torrent - Xavier Moret *Semental, estimat Butxana*
134. A. Martín-J. Ribera *Tots els detectius es diuen Flanagan*
135. Ann McPherson-Aidan Macfarlane *¡Jo també sóc una maniàtica!*
136. Ferran Torrent *No emprenyeu el comissari!*
137. Rafael Vallbona *Recanvis Luna*
138. Fred Uhlman *L'ànima valenta*
139. Carme Riera *Te deix, amor, la mar com a penyora*
140. Agatha Christie *El tren de les 4.50*
141. Sílvia Manzana *Tendra és la nit*
142. Josep Lorman *El malefici dels Da*
143. Agatha Christie *Un cadàver a la biblioteca*
144. Andreu Martín-Jaume Ribera *Flanagan 007*
145. Marta Ruíz - Lídia Costa - Martí Santacana *El gran salt*
146. Ann McPherson - Aidan Macfarlane *Diari d'un jove maniàtic*
147. Agatha Christie *Innocència tràgica*
148. Maria Àngels Anglada *Quadern d'Aram*
149. Ferran Torrent *La mirada del tafur*
150. Isabel-Clara Simó *De nom, Emili*
151. Josep Francesc Delgado *Nima, el xerpa de Namtxe*
152. Dolors Garcia *Quan es cremen els gira-sols*
153. Jordi Sierra i Fabra *L'or dels déus*
154. Toni Soler *Història de Catalunya*

155. Nick Hornby *Alta fidelitat*
156. Manuel Valls *No t'enamoris mai d'un androide*
157. Sandra Glover *Qui és ell?*
158. Jaume Martín *Tusitala, el misteri*
159. Irène Némirovsky *Un infant prodigi*
160. Per Nilsson *Si truca l'Anna*
161. Ferran Torrent *L'illa de l'holandès*
162. M. Mercè Roca *Temps de perdre*
163. Alfred Bosch *L'atles furtiu*
164. Lluís-Anton Baulenas *El fil de plata*
165. Albert Salvadó *L'enigma de Constantí*
166. Miquel Rayó *Les muntanyes de foc*
167. Xavier Hernàndez *Com la terra vol la pluja*
168. Pep Bras *Sexe, Pentium, Clearasil*
169. A. Martín i J. Ribera *Flanagan, no te'n rentis les mans*
170. Isabel-Clara Simó *Alcoi-Nova York*
171. A. Martín i J. Ribera *Només Flanagan*
172. Olga Xirinacs *Un cadàver per sopar*
173. Suso de Toro *L'ombra caçadora*
175. Bart Moeyaert *Duet desafinat*
180. Manuel Valls *Bob, Nick i Leo*